에밀 파게(Émile Faguet, 1847-1916)

19세기를 대표하는 프랑스의 인문학자. 소르본대학의 교수로 코르네유,
라퐁텐, 볼테르, 플로베르, 루소 등 많은 프랑스의 뛰어난 문학가와
철학자의 글과 생애를 연구하였다. 그는 일반 명제나 전문적 연구보다는
개인, 개인의 예술가적 기질보다는 사상에 주목했다. 파게의 목표는
작품을 통해 나타나는 정신을 해설하는 것이었는데, 하나의 정신을
구성하고, 그 구조를 묘사하고, 그 본질적 기능을 식별하는 데 누구보다
탁월했다는 평가를 받는다. 평생 인문학에 헌신한 그는 당대 누구보다도
성실하고 뛰어난 평론가로 인정받았고, 프랑스 학술의 전통과 역사를
대표하는 아카데미 프랑세즈의 정회원 40인 중 한 명이 되었다.
지은 책으로 『16, 17, 18, 19세기의 문학 연구』, 『19세기의 정치가와
모럴리스트』, 『몽테스키외, 볼테르와 루소의 비교 정치』 등이 있다.

최성웅

한국에서 국어국문학을 전공하다가 프랑스로 떠나 파리 3대학에서
불문학과 독문학을 공부하였다. 현재는 프랑스어와 독일어 통번역가로
일하며, 학습협동조합 '가장자리'에서 프랑스어를 가르친다.
『KBS 스페셜』의 프랑스어 영상을 번역한 바 있고, 옮긴 책으로 『창조적
사진 전략』, 『폴, 행복을 찾아서』, 『돌아온 검은 고양이 네로』 등이
있다. 누구나 무료로 배울 수 있는 프랑스어 학습 카페(cafe.naver.com/
pasdequoi)를 운영하고 있다.

단단한 독서

L'Art de Lire

© 1912, Émile Faguet

L'Art
de Lire

THE
ART
OF
READ
ING

단단한 독서

내 삶의 기초를 다지는
근본적 읽기의 기술

에밀 파게

최성웅 옮김

일러두기:
본문의 모든 각주는 역자가 독자의 이해를 돕기 위해 붙였다.

머리말

느릿느릿 거듭거듭 읽기 위하여

볼테르는 사람들이 책을 너무 적게 읽을 뿐 아니라, 배우기 위해 책을 읽는 사람들 대부분이 잘못된 독서를 하고 있다고 말했다. 그리고 19세기의 한 작가는 말했다.

 많이들 언급하나 기준이 부족함이
 우리 사람의 운명이며,
 많이들 언급하나 독서가 부족함이
 우리 책의 운명이다.

책을 읽을 줄 안다는 건 기술이 있다는 말로, 책을 읽기 위한 기술, 즉 독서의 기술이라는 것이 있다. 앞 글을 쓴 생트 뵈브*는 또한 말한다. "비평가란 다름 아닌 책 읽는 법을 아는

---

*19세기 프랑스 비평가. 에밀 파게와 프루스트 등 많은 작가에게 영향을 미쳤다.

사람으로, 다른 사람들에게 책 읽기를 가르친다."

그렇다면 이 기술은 어떻게 이루어져 있는가? 당혹스러운 질문이 아닐 수 없다.

기술은 사용하려는 목적에 따라 정의되니 왜 책을 읽어야 하는지를 자문해 보자. 배움을 위해서일까? 작품을 판단하기 위해? 아니면 즐거움을 얻기 위해서? 배움이 목적이라면 손에 펜을 쥐고서 매우 천천히 책에서 얻은 가르침과 이해하지 못한 내용 모두를 적어 가며 읽어야 한다. 그리고 다시 한 번 천천히 적은 내용을 되짚으며 읽어야 한다. 이 작업은 상당히 중요하며 진득함을 요구하지만, 실제 책을 읽는 매 순간 조금씩 무언가를 배운다는 느낌 외에는 다른 어떤 즐거움도 주지 않는다. 작품을 판단하고자 비평적 독서를 하려면 무엇이 필요할까? 이때도 마찬가지로 매우 느리게 읽어야 한다. 그리고 필요하다면 독특한 발견과 새로운 생각, 작가의 의도나 계획, 작가가 자기 생각이나 이야기를 풀어내는 방식, 생각을 이야기에 담아내는 방법, 문체와 언어 등을 적어 가며 천천히 읽어야 한다. 또한 무엇보다도 '대화록'을 만들어 저자의 생각과 취향을 자신과 견주고, 저자의 생각이나 취향을 당시나 요즘과 비교할 수 있어야 한다. 기록을 바탕으로 작가에게서 얻은 종합적인 사상과 여러 개별적 생각을 정리하고 그 둘 사이의 논리적이거나 개연적인 연결점을 찾을 수만 있다면, 남달리 뛰어나지는 않더라도 단단한 글을 쓸 수 있다.

　책 읽는 즐거움을 도외시한 비평적 독서는, 생트 뵈브의 말마따나 무미건조로 점철된 특별한 종류의 즐거움만을 제공할 따름이다. 극작가 사르케가 생의 마지막 시기에 했던 말도 설득력이 있다. "책을 읽고 나서 무언가 말할 거리를 찾아야 하는 독서는 정말 진력이 다 나더군. 더는 책을 읽는다고 볼 수도 없어. 책에 자신을 내던지는 독서를 해야 하는데, 수동적으로 반응할 뿐이야. 작가의 품 안이 아니라 자기 내부에서의 독서지." 그의 말은 분명 일리가 있다. 그러면 비평가는 왜 필요할까? 비평가는 하나의 관점을 지니고서 작가를 읽도록 도와준다. 비평가의 글은 작가에게 들어가는 데 매우 유용한 길잡이가 된다. 작가의 작품을 읽었는지 아닌지에 따라 비평가는 독자에게 작품 전체의 흐름을 이해시키거나 새로운 방식에 따라 거듭하여 읽기를, 다시 생각해 보기를 권유한다. 아직 책을 읽지 않았다면 '이 점을 생각해 보기'를, 이미 책을 읽었다면 '아 점에 관해 생각해 보았는지'를 묻는다. 정치철학자 보날드는 세상이 세 개의 축으로 이루어져 있고, 그중 하나가 중재자 역할을 한다고 봤다. 그의 방식을 따르면 책 읽기에는 세 가지 축이 있다. 작가와 독자 그리고 중재자인 비평가.

다시 말하지만 비평가는 비평을 통해서 책을 읽고 비평을 통한 책 읽기, 즉 비평적 독서를 가르치는 사람인데, 나는 이 방식에 문제가 있다고 생각하지 않는다. 단지 즐거움만을 위해 책을 읽어야 하는가? 바이올린을 배운다는 것은 연주법을 배우고 연주를 통해 더 큰 즐거움을 얻을 수 있다는 말이다. 이 같은 방식의 책 읽기를 배우고 싶지 않은가? 지금부터 나는 전혀 다른 목적과 전혀 다른 관점을 지닌 한 가지 기술에 바치는 한 권의 책을 시작하고자 한다.

목차

1

느리게 읽기

책 읽는 방법을 배우고자 한다면 우선 책을 천천히 읽을 수 있어야 한다. 그 뒤로도 계속 천천히, 자신이 마지막으로 읽게 될 소중한 책에 이르기까지 언제나 천천히 책을 읽어야만 한다. 그리고 책에서 배움을 구하거나 비평할 때와 마찬가지로 즐거움을 위해서라도 책은 매우 천천히 읽어 나가야 한다. 플로베르는 감탄을 금치 않는다. "정말이지 17세기의 사람들이란. 라틴어를 알다니! 천천히 읽는다니!" 직접 글을 쓰려고 하지 않더라도 언제나 책을 잘 이해하고 있는지, 책에서 얻은 사상이 그저 자신의 만들어 낸 생각이 아니라 작가가 의도한 것인지를 자문하며 천천히 책을 읽어야 한다. '이것이 맞을까?' 독자는 계속해서 이 질문을 자기 자신에게 던져 보아야 한다.

조금 유별나기는 해도 문헌학자들은 이 세계에서 가능한

최상의 감정을 느끼려는 일종의 집착을 보인다. 우리도 이러한 집착을 우리의 원칙과 근본으로 삼아야 한다. '텍스트가 정확할까? ego(나) 대신에 ergo(그리고)가, extemplo(즉각적으로) 대신에 ex templo(사원에서부터)가 와야 하지는 않을까, 그럼 뜻이 달라지는데.' 이러한 집착은 매우 훌륭한 습관이다. 천천히 책을 읽고, 대상을 봤을 때 처음으로 파악한 의미를 경계하며, 무턱대고 책에 빠져들지 않으면서도 책을 읽을 때 나태함에 젖지 않게 해 준다. 일례로 철학자 쿠쟁은 파스칼이 밀가루진드기●를 언급한 부분을 '가장 작은 심연abîme의 내부'로 읽고서 감탄을 금치 못하였다. 그러나 원래 책에는 "가장 작은 물질atome의 내부"라는 전혀 다른 뜻으로 적혀 있었다. 낭만적인 열기에 취한 쿠쟁은 '심연의 내부'가 실제로 존재 가능한지는 생각도 못했다. 문학 작품을 읽을 때라도 이러한 나태함을 보여서는 안 된다.

조급함도 금물이다. 조급함은 나태함의 또 다른 모습이다. 프랑스어의 옛 표현 중에는 '손가락으로 읽어 넘긴다.'라는 말이 있다. 이것은 훑어본다는 의미로, 이미 빠하다는 판단 아래 눈보다도 손가락이 더 바삐 움직이는 상황을 말한다. 예컨대 누가 이렇게 말한다고 치자. "벨 씨는 손가락으로 곧잘 읽는데, 읽는다기보다는 항상 책을 훑다가 중요한 부분이나 홍

●당시 세계에서 가장 작은 생물로 알려졌다.

미로운 대목을 잘 짚어 내지요." 벨과 같은 사상 수집가들에게 어울릴 이 방법을 너무 나쁘게 볼 필요는 없다. 다만 이는 책 읽기의 모든 즐거움을 박탈하고, 그 자리에 사냥의 즐거움을 대신 채워 넣는다. 사냥꾼이 아닌 딜레탕트 독자를 지향한다면 그 반대를 자신의 방법으로 삼아야 한다. 손가락으로 읽어 넘겨도 안 되겠으며, 사선으로 읽어 내리는 독특한 읽기 방식도 피해야겠다. 첫인상을 경계하는 매우 신중한 태도로 책을 읽어야 한다.

천천히 읽는 게 불가능한, 느린 독서를 할 수 없는 책이 있다고 말할지 모른다. 그리고 실제로도 그러한 책은 존재하는데, 바로 우리가 읽어야 할 필요가 조금도 없는 책들이다. 느린 독서의 첫 번째 장점이 여기에 있다. 느린 독서는 애초에 읽어야 할 책과 읽어서는 안 될 책을 구분해 준다.

천천히 읽기는 제일 우선하는 원칙으로 모든 독서에 적용된다. 그것은 독서 기술의 본질과도 같다.

그 밖에 다른 원칙이 있을까? 물론 있지만 모든 책에 구분 없이 적용할 수는 없다. '천천히 읽기'를 제외하고는 어떠한 것도 보편적 독서의 기술이 될 수 없고, 다만 다양한 작품에 따른 서로 다른 독서의 기술들이 있을 뿐이다. 이제부터 차례차례 이러한 독서의 기술들을 하나씩 이야기해 보자.

2

생각을 담은 책 읽기

데카르트의 『방법서설』, 몽테스키외의 『법의 정신』, 콩트의 『실증철학 강의』 등이 생각을 담는 책이라면, 루소의 『고백록』, 샤토브리앙의 『묘지 저편의 회상』 등은 감정을 담은 책이다. 극시나 서정시에 관한 책도 있다. 이와 같은 책들을 읽을 때에는 언제나 주의를 기울이고 끊임없이 성찰하는 게 보편적으로 통용될 가르침이겠으나, 서로 다른 여러 글쓰기에서 단 하나의 독서 기술이란 존재하지 않는다. 각각에는 저마다 알맞은 독서 기술이 있다.

내가 생각하기에 생각을 담은 책에 맞는 독서법은 다음과 같다.

지속적인 비교와 대조가 무엇보다도 중요하다. 실제로 생각을 담은 책을 읽을 때 우리는 책장을 뒤로 넘기는 만큼이나 앞으로 되짚어가며 읽는다. 책을 읽어 나가는 동시에 이미 읽었던 곳으로 되돌아가는 것이다. 사상가의 생각은 일반적인 경우와 달리 단번에 모두 설명할 수 없다. 생각을 개진해 나갈수록 점점 보충되고 분명해지기에, 전체를 읽지 않고서는 그 책을 소유했다고 주장할 수 없다. 그러므로 작가 스스로 보충하고 밝혀 나가려는 속도에 발맞춰 꾸준히 나아가야 하겠다. 오늘 읽은 부분을 이해하기 위해 어제 읽은 부분을 잊지 말아야 하며, 어제 읽은 부분을 더 잘 이해하기 위해 오늘 읽은 부분을 생각할 수 있어야 한다.

이와 같은 과정을 거치면서 독자의 정신은 사상가의 가장 보편적인 생각에 바탕을 두고 지도를 그린다. 보편적 생각은 모든 생각에 앞서는 것으로, 그로부터 모든 생각이 파생되어 나온다. 또한 보편적 생각이란 작가가 가장 마지막으로 얻는 것이기에, 개별적 생각의 더미로부터 나오는 결과이거나 그를 집대성한 생각으로도 볼 수 있다. 그리고 대개 보편적 생각은 작가가 지적 탐구를 계속 벌이는 와중에 얻는 것으로, 수많은 개별적 생각을 요약하고 다시 수많은 개별적인 생각을 생산하고 창조한다.

플라톤을 읽을 때 처음 알아차리게 되는 작가의 보편적 생각은 소크라테스를 죽게 만든 아테네 민주 정치에 대한 혐오다. 바로 그곳에서 정치에 관한 플라톤의 모든 생각이 시작되는 것을 우리는 관찰할 수 있다. 나아가서 우리는 텍스트와 텍스트를, 『크리톤』에서 사람에 빗대고 있는 법률을 그의 다른 책 『법률』과 비교해 볼 것이다. 그러면 우리는 플라톤이 무엇보다 귀족 정치 옹호자라고 말할 것이다. 하지만 그는 다른 사람들을 사랑한다. 왜냐하면 그는 엄격하다 못해 기사도라도 있는 것마냥 마음속 깊이 법을 존경하며, 다른 사람들 또한 마음속 깊이 법을 존중하기 때문이다. 그렇기에 그는 귀족주의적 공화주의자다. 오직 법에 의해서만 지배받으며, 그 누구보다도 강력한 법을 원하기에 그는 공화주의자다. 또한 군중이 다스리기를 원하지 않기에 귀족주의자다.

그러나 여기에 모순은 없을까? 군중은 법을 만드는 데 아무런 역할도 할 수 없을까? 아니다. 적어도 귀족주의적 공화정에서는 그렇지 않을 것이다. 아니, 무엇보다 플라톤이 옛 법률을 기리는 모습을 관찰한다면 그것은 사실이 아니다. 옛 법률은 현재를 사는 군중의 것도, 선택된 사람의 것도 아니다. 옛 법률은 과거 수 세기에 걸쳐 천천히 만들어진 작품이다. 무엇보다 플라톤은 그런 과거가 시민을 다스리기를 원하며, 그것이 귀족주의의 본질이라 생각했는지도 모른다. 우리는 이런 방식으로 자신만의 생각에 잠길 수 있다. 그러나 다시 각각의 생각을 비교하고 대조하고 검사해 본다. 하나의 생각을 다른 생각으로 한정 짓고 바로잡으면서 즐거움을 맛본다. 이 즐거움은 우리가 사상가를 읽으면서 발견하는, 생각의 즐거움이다.

여기까지 우리는 보편적 생각이 바로 작가가 처음 출발하는 지점인 동시에 그로부터 각각의 개별적 생각이 태어나는 곳임을 보았다. 이때 우리가 알게 되는 사실이란 작가의 출발점인 보편적 생각이 하나의 감정으로 이루어져 있다는 점이다. 민주주의에 대한 플라톤의 증오는 소크라테스에 대한 숭배에서 시작된다. 그러나 보편적 생각은 작가가 수많은 생각과 세세한 관찰을 쌓아 가며 도착하는 지점이기도 하다. 플라톤도 그렇게 자기 생각을 이론으로 정립하였다. 유일신론자인 플라톤은 이 점에서 앞선 많은 철학자와 일치한다. 유일신론자인 그는 세계는 결국 단 하나의 법칙으로 귀착한다고 생각한다. 이러한 생각은 인간의 정신 속에 침투하여 그 생각을 따르기를 종용한다. 그러나 다른 한편으로 플라톤은 너무나도 철저한 그리스 사람이다. 그에게는 다신론자적인 구석이 있다. 서로 다른 다양한 힘들이 세계를 지배하며 동시에 그 힘들이 세계를 두고 다투고 있음을 믿는 모습을 보인다. 그러하기에 그는 존재하는 모든 사물의 영혼과 본질이 살아 숨 쉬는 신의 품이 있으며, 그것이 이데아의 세계라고 생각하지는 않았을까? 이데아의 세계란 무엇을 의미할까? 바로 정신이 물질을 대신하는 올림푸스를 말한다. 순수한 상태의 영혼이 신인동형神人同形의 초인을 대신하는 올림푸스. 이때 책은 비의秘儀적이며 영적인 이교도의 책이 된다. 우리는 비교와 대조를 거쳐 플라톤이 신화를 좋아하고, 서사시라는 뼈대에 전설이라는 옷을 걸친 이론을 선호했음을 알게 된다. 그리고 신화 연구가와 정신주의자 사이의 이러한 만남이 만든 것이 바로 살아 숨 쉬는 이데아, 존재의 추상화, 힘의 추상화, 신의 추상화라는 이론이라고 볼 수 있다. 우리가 다시 착각에 빠질 수도 있겠으나 그렇다고 플라톤을 탓하지는 말자. 모든 철학자가 그러하듯 그는 존경받기보다 이해받기 위해 글을 썼으며, 이해받기보다는 생각을 북돋는 글을 썼다. 우리가 생각할 수 있었다면 철학자는 제 할 일을 다한 셈이다.

모든 일이 마무리되거나 거의 끝에 다다라서야 생겨나는 보편적 생각이 있다. 생각에서 태어난 생각이며 감정과는 거의 무관한 생각이다. 이렇게 구분 지어 본 생각을 조금 경솔하더라도 불순물이 섞이지 않은 순수한 생각으로, 또는 무모할지언정 추상화된 생각으로 바라보자. 플라톤에게 신이란 무엇을 말하는가? 그에게 신이란 본능에 이끌린 도약이나 감동에 따른 찬미의 대상이 아니다. 그에게 신이란 여러 교리에 안

내받아 진실로 믿게 되는 하나의 교리일 따름이다. 그러므로 플라톤에게 신이란 하나의 종결점이며 신앙은 그에게 하나의 논리적 추론이다. 이것은 비판해야 할 부분이 아니다. 오히려 철학적 종교를 '마음을 움직이는' 신의 종교, 다시 말해 살아 숨 쉬는 모든 존재가 직관하는 종교와 비교해 볼 좋은 기회가 될 수 있다. 도대체 무엇이 맞을까? 이 질문이 과연 지금 이 순간에 얼마나 중요할까? 대답에 앞서 지금은 그저 읽기를 배울 따름이다.

철학자를 읽는다는 것은 그 철학자를 끊임없이 자기 자신과 비교하는 일이다. 그리고 바라보는 작업이다. 그 안에 담겨 있는 것이 감정인지, 감정적인 생각인지, 감정과 생각이 혼재된 상태에서 도출된 생각인지를 본다. 그리고 나중에 가서는 그것이 사상가의 정신으로부터 천천히, 순수하거나 거의 순수한 상태의 생각이 쌓여 도출되는 관념적 생각인지를 본다.

몽테스키외를 읽어 보자. 우리는 곧 자신의 모든 것을 쏟아붓는 그의 정열이 다름 아닌 전제 정체에 대한 증오임을 알아차린다. 수동적으로 복종하는 영혼이 아닌 깨어 있는 영혼의 소유자라면 누구나 세상에서 제일 혐오할 법한 것으로, 스무 살 우리네가 주변을 바라보는 방식이다. 이 관점이 좋다고 말하려는 게 아니다. 다만 몽테스키외가 그러했음을 말하고자 한다. 그는 스무 살에 루이 14세 통치의 마지막을 보았다. 그런 그가 세상에서 제일 혐오하는 것이 전제 정체이다. 『페르시아인의 편지』를 읽으며 몽테스키외를 조금 더 관찰해 보자. 그는 가톨릭을 좋아하지도 않는다. 왜일까? 바로 가톨릭은 루이 14세, 특히 마지막 집권기에 이르러 그의 왕위를 지지하는 가장 좋은 동맹체였기 때문이다. 그런데 『법의 정신』에서 우리는 무엇을 읽어 내는가? 바로 종교가 나라를 잘 다스리는 최선의 요소 중 하나라고 쓴 것이다. 이 모순은 도대체 무엇일까? 단지 감정적 생각에서 이성적 생각의 장으로 넘어서는 것일까? 몽테스키외는 언제나 전제 정체를 증오했다. 자연스레 그는 무엇이든 전제 정체를 멈추고 억제하고 막고 구속하고 사장할 수 있는 것이라면 마다치 않았다. 그것을 가능케 하는 여러 다양한 힘 사이에서 그는 종교와 만났다. 군사적 귀족주의와 법에 따른 통치를 맞닥뜨린 것도 이 때문이다. 몽테스키외에게서 종교는 이제 다른 양상을 띠게 된다. 나는 그가 일종의 영적 위안으로 종교를 받아들인 것은 아니더라도, 적어도 종교가 그에게 정신적 위안이 되었으리라고 본다. 생각은 개진되면서 이처럼 생각이 출발했던 감정에서 조금씩 벗어난다.

　몽테스키외를 읽으면서 우리는 또한 거대한 보편적 생각과 마주친다. 풍토가 인민의 기질과 습성, 생각과 제도에 영향을 끼친다고 그는 말한다. 이런 몽테스키외를 입법과 관련하여 물질주의자나 숙명론적 이론가라고 여길 수도 있을 것이다. 그러나 이 말의 주위를 맴도는 것은 무엇일까? 습성으로 기후를 이겨 내야 하며 아직 기후의 영향에서 벗어나지 못한 습성은 법률로 극복해야 한다는 생각이 도사리고 있다. 이것이 과연 가능할까? 무엇을 믿고 그럴 수 있단 말인가? 작가가 믿고 기댈 수 있던 것으로 우리는 두 가지를 생각해 볼 수 있는데, 우선 사물이 우리에게 미치는 지배력과 우리가 사물에 작용하는 힘을 알아야 한다. 몽테뉴는 운명이 우리를 집어삼키리라 생각했다. 그러나 그는 인간의 정신이 숙명에 대항할 수 있음도 믿어 의심치 않았다. 기후가 우리의 습성을 만들고, 습성이 법률을 만든다. 그렇다. 하지만 우리의 법률이 우리의 습성을 만들고, 우리의 습성이 기후를 이겨 낼 수 있다.

그러나 우리는 무엇을 가지고 습성에 대항할 법률을 만들며, 법률에 물든 습성으로 기후를 이겨 낼 수 있을까? 답은 바로 우리 정신의 힘 자체에 있다. 정신주의적 숙명론자며, 숙명론자이기에 더욱 정신주의자여야만 했던 남자. 그가 바로 몽테스키외란 말인가? 그럴듯해 보인다. 적어도 지금과 같이 작가를 작가 자신과 비교하고 거듭 서로 다른 힘에 대해 고민해

본다면 틀리다고 말할 수 없다. 이때 힘이란 외적으로는 우리에게 영향을 주는 것이고 내적으로는 우리 손아귀에 있거나 손아귀에 있다고 생각하는 것이다. 외적으로는 지각하고 내적으로는 의식하는 힘이다. 그리고 무엇보다 이 힘은 우리의 정신 범위를 확장시킨다.

데카르트를 읽어 보자. 무엇보다 우리는 그가 실증주의자라는 인상을 제일 처음 받는다. 그는 어떠한 권위에도 기대지 않으며, 관찰과 성찰만을 믿을 뿐이다. 이때 관찰과 성찰을 비춰 주는 빛은 무엇일까? 어떠한 준거가 그 관찰과 성찰을 뒷받침해 주는가? 그것은 바로 '자명함'이다. 다시 말해 지성을 부인하거나 지적 자살을 하지 않는 이상 우리가 믿어야 하는 필요다. 이것이 바로 실증주의다.

다시 책을 펼쳐 읽고 대조해 보자. 자명함이 우리를 속이지 않는다는 보증이 있는가? 아무것도 없다. 아니다! 신이 있지 않은가? 신은 속지도, 우리를 속이지도 않는다. 그러므로 신은 우리에게 자명함을, 자명하다는 환상이 아닌 자명함을 선사한다. 자명함에 대한 우리의 믿음은 이렇게 보장되며 우리는 환상에 사로잡히지 않는다. 다시 말해 보자. 거짓에 빠지지 않는 신이란 참된 하느님이요, 거짓에 빠트리지 않는 신이란 선한 하느님이다. 자명함을 믿으려면 전지하신, 섭리의 하느님을 믿어야 하며, 참된 하느님과 섭리의 하느님 없이는 아무 것도 알지 못한다. 그리고 이때 앎이란 섭리의 하느님에게 달린 것으로, 철학자 말브랑슈가 보는 하느님도 이것과 크게 다르지 않다. 신이 우리에게 보는 것을 허락했기에 우리는 신 안에서, 신에 의해서 볼 따름이다. 결국 데카르트가 실증주의자라는 말은 사실이 아니다. 그는 이신론理神論●자다. 이신론자도 이런 이신론자가 있을 수 없다. 그런 그를 우리는 신비주의자라고 말할 수 있으리라. 우리는 이렇게 데카르트의 핵심 사상 둘을 비교하며 데카르트를 되짚어 보았다. 동시에 우리는 근대 실증주의의 아버지로부터 전통적 섭리주의와 이신론의 가장 열렬한 지지자의 모습을 발견할 수 있었다.

이것이 진정 데카르트일까? 내가 알 수 있는 것은 조금도 없다. 그럴 가능성이 크다고 보지만 나는 아무것도 모른다. 나는 단지 우리가 생각했다는 사실을 안다. 우리는 생각했고, 『성찰』을 통해 『방법서설』을 떠올렸으며, 『성찰』로 『방법서설』을 다루었다. 앎의 문제를 둘러보았으며, 앎을 가능케 하는 근본적 수단은 우리가 알 수 없는 무언가에 달려 있음을 깨달았다. 앎이란 믿음에 귀착하는 것으로, 이때 믿음은 앎에 대한 믿음이거나 알 수 없는 무언가에 대한 믿음임을 깨달았다.

● 18세기 계몽주의 시대에 등장한 이론. 세계를 창조한 하나의 신을 인정하되, 그 신은 세계와 별도로 존재하며 세상을 창조한 뒤에는 세상, 물리 법칙을 바꾸거나 인간에게 접촉하는 인격적 주재자로 보지 않는다.

이 노정에서 우리는 무엇을 얻을 수 있었을까? 우리는 우리 자신을 뛰어넘는 우수한 지성을 이해할 기회를 잡았다. 그리고 그 결과, 우리는 우리의 지성을 발전시킬 수 있었다.

꾸밈없이 순수한 모럴리스트 라로슈푸코를 읽어 보자. 그는 어떤 종류의 덕도 믿지 않는 것처럼 보인다. 읽는 사람은 이에 대해 반감을 품을 수 있다. 직접 의식에 도달하는 무언가가 반발하고, 우리 마음이 이를 확인한다. 스스로 악덕이 무엇인지를 느낄 수 있는 사람이라면, 마찬가지로 자신이 언제 덕을 느끼는지 그리고 어떻게 그 덕을 뿌리치지 못하는 상태에 이르는지를 안다. 이것만으로도 충분할 수 있겠지만 이런 태도를 고집한다면 작가와 가까워질 수 없다. 언제나 작가와 거리를 둔 상태라면 작가의 내면세계에 들어갈 수 없다. 단지 작가의 말을 재단할 뿐 진정한 읽기는 할 수 없다. 좀 더 가까이 다가가 바라보자. 무엇이 점차 드러나는가? 글이 미묘한 차이를 보인다. 라로슈푸코는 상당히 자주 '언제나'라는 표현을 사용하지만, 그 못지않게 많이 '가끔'이라고 말했다. 처음 봐서는 모르겠지만 실제로 작가는 생각보다 훨씬 덜 단호하다. 그를 마치 하나의 덩어리인 양 취급해서는 안 된다. 무엇이 다른지 보도록 하자. 무엇이 인간의 덕인지를 머릿속으로 나열해 보면 그가 언급하지 않는 덕이 있음을, 결과적으로 그가 조금도 부정하지 않는 덕이 있음을 알게 된다. 그는 부모의 사랑을 조금도 부정하지 않는다. 아마도 작가는 부모의 사랑이 존재함을, 그 사랑이 순수한 상태로 있음을 인정할 것이다. "한 여자를 향한 사랑 때문에 그녀를 사랑한다고 믿는다면 그것은 착각이다." 이처럼 말할지라도 작가는 "어머니가 자식에 대한 사랑 때문에 자식을 사랑한다고 믿는다면 그것은 착각이다."라고 절대 말하지 않는다. 그는 자신의 회의주의를 여기까지 밀어붙이지는 않는다. 그의 회의주의에는 경계가 있다. 그럼 어떻게 해야 할까? 경계를 따라 걷고 작가가 생각하는 범위를 분명하게 한다면 우리는 작가를 더욱 잘 알 수 있다. 마침내 그를 이해하고야 마는 것이다. 철학자를 읽는다는 것은 마치 그를 분석이라도 하듯 주의 깊게 읽고 또 읽는 것이다.

다시 한 번 읽고 주의 깊게 살피면 작가가 어떤 방식으로 말을 이끌어 나가는지를 알아차리게 된다. 작가의 수많은 잠언을 비교하다 보면 그의 방식이 어떠한지를 알 수 있다. 말하자면 작가는 모든 것을 녹여 버리는 방식으로 자신이 다루려는 덕을 인접한 모든 종류의 결점과 뒤섞는다. 예를 들어 용기는 출세하고 싶은 욕망에, 관대함은 과시에, 충성은 신뢰감을 부추겨 이득을 보려는 욕망에 가져다 댄다. 매우 타당해 보인다. 그럼 다시 생각해 보자. 덕을 그에 인접한 결점에 녹여 낼 수 있다면, 우리는 또한 결점을 결점과 가까운 관계에 있는 덕에 용해시킬 수 있으므로 다음과 같이 말할 것이다. "한 남자가 출세하기를 원한다. 출세를 위하여 남자는 언제나 남들 앞에 서는데, 그 밑바닥에는 용기가 있어야 한다. 한 남자가 관대해 보이길 원한다. 우리가 그를 그렇게 바라보게 하기 위해서, 남자는 실제로 관대해야 한다. 자신의 관대함을 알리기 위해 많은 희생을 치른다면 남자는 실제로 관대할 수밖에 없다. 결국 그는 매우 좋은 사람이다." 한 저자의 기술 방식을 완전히 이해한다면 언제든지 저자와 대치한 상태에서 그 방식을 뒤집어 볼 수 있어야 한다. 이것은 매우 재미있는 놀이로 우리에게 크나큰 즐거움을 선사한다. 단순한 놀이가 아니라 작가를 가장 밑바닥까지 소유하는 행위다. 작품이 어디에서 나왔는지, 다른 방향으로는 어떻게 나올 수 있었을지를 알게 해 줄 뿌리나 씨앗을 소유하는 것과 같다. 우리는 진정으로 작가를 알게 된다.

누군가를 안다는 것은 그가 어떠한 사람인지, 그가 어떠한 사람이 될 수 있었는지를 이해할 때만 가능하다.

우리의 공작 전하 라로슈푸코에게 돌아가 보자. 그가 항상 단언하는 것은 무엇인가? 자기중심주의, 이기심, 자기애야말로 모든 감정의 밑바닥을 이루며 모든 행동의 동력으로 작용한다. 이에 관해 독자는 생각을 거듭한 후에 말할 것이다. "하지만…… 아, 제발! 우리가 언제나 이기심으로 행동한다고 말하다니, 그 말은 결국 우리가 결코 선의로 행동하지 않을뿐더러 그렇다고 반대로 악의로 행동하지도 않는다는 말이 아닌가. 그렇다면 사람은 결코 나쁜 행위를 통해 즐거움을 얻고자 나쁜 짓을 저지르는 게 아니니, 결국 악의란 존재하지 않는다는 말이구나! 라로슈푸코가 인간 본성에 대해 이렇게 생각할 줄이야! 너무나 호의로 가득 차서 이런 착각을 하다니! 이토록 낙관주의자일 줄이야! 내가 라로슈푸코를 잘못 보아도 한참 잘못 보았구나!" 이와 같은 반응에는 분명 매우 많은 사실이 담겨 있다. 라로슈푸코는 매우 엄격했을지언정 자비로운 사람이었다. 그는 우리의 가장 큰 결점을 보지 못했거나 조금도 보려 하지 않았다. 그토록 명민한 사람이 이러한 태도를 보이는 것은 정말이지 너무나도 경이로운 너그러움이 아닐 수 없다.

그렇다면 우리는 이제 어디에 이르는 것일까? 라로슈푸코를 읽고 또 읽는 동안, 그는 우리의 눈앞에서 변신하고야 말았다. 예전과는 전혀 다른 그를 본다. 마치 프리즘을 통과하는 빛처럼, 문장들은 독서를 통해 변신을 꾀한다. 좋은 일일까? 나쁜 일일까? 그렇다면 진실은 어디에 있는 걸까? 처음 받은 느낌에? 두 번째에? 아니면 세 번째? 이 진실 또한 영원히 도망 다니며 우리로부터 벗어날 것이다. 작가는 무언가를 가지고 있는 존재로 마르지 않는 샘이며 우리는 그러한 작가를 읽어 나가며 많은 것을 얻는다. 중요한 것은 생각하는 행위이며, 우리가 한 철학자를 읽으며 찾고자 하는 즐거움은 바로 사유의 즐거움이다. 작가의 생각과 거기에 섞여 드는 우리의 생각을, 우리를 자극하는 작가의 생각과 그를 해석하는 우리의 생각을 모두 따라가며, 그리고 아마도 이 모든 생각을 배반하며 우리는 사유의 즐거움을 맛보게 될 것이다. 관건은 즐거움으로, 여기에는 수많은 불경스러운 즐거움이 존재한다. 한 작가에 대한 이러한 불경은 무고한 방종이려니.

다른 철학자를 읽어 보자. 그럴 때 우리는 모순되는 지점에 주의해야 한다. 위대한 사상가에게 모순이란 풍경이 충돌하는 장소다. 작가에게서 조금도 모순을 찾을 수 없고 너무나도 잘 짜인 풍경만 있다면 정말 안타까운 일이 아닐 수 없다. 모순 없는 작가의 작품은 낭만파 시인 뮈세가 말했듯이, "똑똑한 사람이 열심히 만든 것 같은" 그림으로 보일 뿐이다. 그렇다면 사상가가 항상 같은 것을 사유하거나 대수 공식처럼 차례대로 생각을 길러 오지 않았음을 보여 줄 정신적 자유로움이나 돌연한 충동, 지적 분출 따위가 없다며 분통을 터뜨리지도 않으리라. 모순은 집중하고 들뜨게 하며, 다시 활기를 북돋고 사유에 변신을 가져오는 것으로 그 풍요로움에는 끝이 없다. 나는 작가가 모순으로 가득하기를 원하지 않는다. 그저 독자가 모순을 찾기를 바랄 따름이다.

예를 들어 장 자크 루소는 자신의 모든 작품에서 개인에게 끼치는 사회의 영향을 저주했으며 개인이 그 영향에서 벗어나기를 간절히 바랐다. 그러나 한 작품에서 그는 개인을 사회에 희생시키고 단호한 어조로 개인이 사회에 귀속하기를 원했다. 이것은 분명 모순임을 나 또한 인정하는 바다. 그러나 모든 위대한 생각은 언제나 감정에서 파생한다. 루소는 아마 글을 쓸 때 대개 자기 생각을 자립과 고독을 향한 열정에서 길어 왔을 것이다. 그리고 단 한 권의 책에서 매우 명예롭게도 그는 제네바 공화국을 위한 열정으로부터 생각을 끌어왔으리라. 그런데 정말 모순이 있다고 확신하는가? 내가 아는 매우 뛰어난 지성의 소유자들은 이 부분에서 조금의 모순도 찾지 않으며 매우 능숙하게 『사회계약론』을 루소의 다른 모든 저서와 함께 놓는다. 그들은 이 모든 것을 매우 일관된 것으로 본다. 나는 조금도 이러한 관점이 틀렸다고 보지 않는다. 모순에 관해 이야기해 보자. 독자는 처음으로 모순을 찾아낼 때 즐거움을 느끼고, 다음으로는 그 모순을 해결하며 즐거움을 만끽

한다. 정신을 곤두세워 모순을 찾고 그 정신을 더욱 가다듬어 모순이 사라지게 한다. 모순을 드러내려 하고, 다시금 자기 자신에게 이러한 모순이 존재하지 않으며 전혀 존재한 적이 없었음을 입증하려 한다. 이 모두가 매우 바람직하고 너무나도 유쾌한 일이 아닐 수 없다.

그다음에 있을 정신의 발전 단계를 알아보자. 우리는 사상가들을 읽으면서 우선 모순을 짚어 내지 않는 것으로부터 시작하여, 이후 되레 더 많은 모순을 들춰낸다. 그리고 너무 많이 발견했다 치면 그때부터 각자가 본래 지닌 정신 상태에 따라, 장난을 치듯 모순의 수를 불리기도 하고 모순을 극복해 내기도 한다. 그리고 모든 모순을 해결하는 데 익숙해지면, 결국에는 모순 해결 자체에 목적을 두고 그 수를 늘리기까지 한다. 이 모든 과정에서 한쪽 극단으로만 치우치지 말고 균형을 잡아야 할 것이다. 토론하는 즐거움이 이해하는 즐거움을 깨트리지 말아야 하며, 그렇다고 무작정 화해시키려는 즐거움에만 빠져서도 안 되겠다. 차례차례 서로 다른 관점에 눈을 맞추고 다른 입장을 고려해 볼 수 있어야 하며, 생각하는 힘이나 논리적 엄격함에 빠져들려는 만큼 그로부터 자신을 지켜 낼 수 있어야 한다. 아무것도 모른 채 이끌려 다니기를 바라지 마라. 작가를 이겨 내기 위해서는 작가를 작가 자신과 맞붙이고 또한 작가 자신에게 도움을 받을 수 있도록 하라. 그의 도움을 받아 그가 착각하지도, 자가당착에 빠지지도 않았음을 알리고 작가와 대립하는 것은 단지 여러 외적 모습임을 증명하라. 외적 모습이 있다고 가정한다면 그것 또한 이해해야 할 문제다. 외적인 모습은 단지 이해하기 위한 서로 다른 방식일 뿐이다. 그것들이 진정 쓸모 있고 풍성해지려면 충실하게 모든 작업에 임하여 궤변이 들어설 자리를 내줘서는 안 된다.

요약해 보자. 철학자인 한 작가를 읽는다는 것은 계속하여 그와 토론하는 일이다. 이때 토론에는 개인 삶에서와 마찬가지로 모든 종류의 매력과 위험이 가득 차 있다. 이때 매력을 어떻게 다루어야 하는지 말해 보자. 우리는 이 매력을 맛볼 줄 알아야 한다. 그러기 위해서는 오랫동안 듣는 자세를 배워야 하고 사상가가 거쳐 가는 모든 우회로를 따라야 한다. 심지어는 생각할 때 그의 모든 망설임마저도 좇아야 한다. 우리의 정신 속에서 반론이 천천히 제 고개를 드는 것을 느끼겠지만, 반론이 버럭 터져 나오지 않기를 빌며 작가 스스로 반론을 펼치는 순간을 기다려라. 그러면 무엇보다도 생생한 기쁨을 느낄 수 있을 것이다. 왜냐하면 우리는 우선 작가와의 지적 교류를 확신하기 때문이다. 그 확신은 우리가 작가를 미리 이해했기 때문에 생긴다. 우리는 만족스럽게 말할 것이다. 우리는 작가

보다 아래에 있는 볼품없는 사람이 아니다. 작가가 자기 자신에게 반론하였듯 우리도 작가에게 반론할 수 있었다. 즉 우리는 작가만큼이나 원활하고 폭넓게 그가 갖는 생각의 길 위를 걸었다.

토론에서 어떻게 위험에 대처해야 하는지 말해 보자. 개인적 토론에서와 마찬가지로 우리는 위험을 모면할 방법을 배워야 한다. 자신의 감정에 치우쳐 고집을 부려서는 안 된다. 감정은 감정일 뿐이다. 그리고 작가보다 자신의 이성적 사유가 더욱 강하게 다가오는 부분을 발견했다고 언제나 자신이 옳다고 생각하지 마라. 이러한 생각은 정신을 매우 빠른 속도로 비좁게 만들며, 거의 어떤 것도 받아들이지 못하는 상태에 이르게 한다. 말하자면 이것은 지성을 팔아 치우는 방식으로 어떤 종류의 판매도 이보다 더 안타깝지 못하다.

반감이 들지만 선호하게 되는 것들을 따로 정리해 보자. 그런 종류의 작가를 독자가 좋아하는 이유는 작가가 올바른 정신을 지녔다고 판단하기 때문이 아니라, 독자 자신의 정신이 그릇되었기 때문이다. 독자는 작가에 맞서 언제나 자신이 옳다거나 옳다고 생각하는 기쁨을 만끽하고, 그런 이유 때문에 끊임없이 저자에게 되돌아가게 된다. 자신의 서재로 들어간 독자는 곧장 작가에게 다가가서는 자리에 앉아 짐짓 의식적으로 입을 연다. "내가 맞을 거란 말이지! 내 정신이 올바르단 말이지!" 나는 이 독자에게 선호하는 작가를 조금 바꿔 보라고 권유하고 싶다.

　나는 맨 처음으로 자신을 '아나키스트'라 부른 철학자 프루동으로만 대화를 일삼는 두 사람을 알고 있다. 한 사람은 언제나 작가에 의해서만 판단하려 하고, 다른 한 사람은 대부분 작가와 대립해서만 판단하려고 한다. 나는 둘 중 누가 더 프루동을 좋아하는지 알 수 없었다. 작가에게서 마르지 않는 진리의 샘을 발견하는 사람이 있고, 작가에게서 궤변의 바다를 발견하는 사람이 있다. 한 사람은 작가를 본인에게 삶을 선사한 정신적 스승으로 여겨 좋아하고, 다른 한 사람은 계속해서 작가에게 지적 우월감을 느낄 수 있기에 작가를 좋아한다. 전자는 헌신하는 사랑을, 후자는 이기적 사랑을 보여 준다. 선택받은 존재를 진심으로 사랑하는 사람이 전자라면, 후자는 자기 자신을 진심으로 사랑한다. 만일 후자가 프루동과 마주친다면, 그는 작가를 논박하고 확실히 작가가 틀렸음을 말하며 자랑스러워할 것이다. 반대로 전자는 매우 분명하고 명확하게 작가한테 작가 자신을 설명할 수 있을 것이다.

　이 둘은 서로서로 매우 좋아했다. 그뿐인가. 한 사람은 다른 한 사람에게 스승의 가르침을 설명하고 다시 한 번 그에 깊게 파고들 수 있는 기회에 기뻐했으리라. 그리고 다른 한 사람 또한 기뻐했을 것이다. 마치 프루동 자신과 토론하는 것마냥 앞의 사람과 이야기할 수 있고 작가를 대신하여 그를 쓰러뜨리는 기회를 가졌으니 말이다. 포르투나티 암보Fortunati ambo●.

진정한 지적 행복이란 바로 정신적 자유이다. 이 자유를 지키기 위해서는 앞의 행복한 두 사람과 같거나, 비슷한 거리를 두고 그 상태로 유지할 수 있어야 한다. 지적 작업에서 필요한 것은 포기도 승리도 아니다. 포기하면 언제나 의기소침해지기 마련이고 승리는 언제나 공허한 법이다. 한 사상가와 마주해서 자신을 알려면 언제나 정중하면서도 너그러울 수 있어야 한다. 작가가 옳았음을 알아야 하며 마지막에 이르러 그와 명료하게 뜻이 일치해야 한다. 또한 작가가 틀렸음을 알고 그 앞에 감사를 표할 수 있어야 한다. 이때에도 마지막에 다시 생각해 볼 필요가 있다. 만약 작가가 지금 여기에 있다면 우리가 승리를 확신하도록 내버려 두지 않을 것이며 틀림없이 어마어마한 공격이 되돌아올 것이기 때문이다. 자신을 꼼짝 못하게 하거나 난처하게 만들 만한 논지를 남겨 둬라. 그것이 자기 자신에게서 왔든지 작가에게서 왔든지 간에 말이다. 이 모두가 지적 건강을 위해 당신에게 매우 좋은 운동이 될 것이다. 철학자들을 대하는 독서는 일종의 펜싱 경기와도 같다. 미리 지시

● 두 사람은 행복하나니. 베르길리우스의 서사시 「아이네이스」에 나온 말.

한 바대로 대비책을 세워 둔 상태에서 정신은 끊임없이 새로운 힘을 받아들인다. 이 힘은 어떤 방식으로든 간에 유용할 것이다. 그리고 이 힘은 우리가 가져야 하는 힘이며, 이 힘을 가지는 것이야말로 우리가 느낄 유일한 즐거움이다.

3

감정을 담은 책 읽기

조금은 빠르게 읽어도 좋을 책이 있다면, 그것은 사람 영혼에서 나오는 감정을 재료로 삼는 작가의 책이다. 그러나 이때에도 정도를 벗어난 빠름을 말하는 게 아니다. 또 다른 형식적 측면에서 깊게 고민해야 할 뿐 아니라, 토론해야 할 필요마저 있기에 결국 조급함과는 상반된다. 그러나 이 독서가 자신을 내던지면서 시작해야 함에는 의심할 여지가 없다. 작가가 감정을 그리는 목적은 그리는 데에 있지 않다. 작가는 우리에게 감정을 불어넣고자 한다. 철학자가 생각의 씨를 뿌리듯 감정을 다루는 작가는 감정의 씨를 뿌린다. 무엇보다 작가는 우리가 감동하기를 바란다. 감동이란 작가가 작품 속 등장인물에게 내맡긴 감정을 독자와 나누는 일이다. 이것은 일종의 감염으로, 우리가 창조된 등장인물들의 다양한 정신 상태 안에 들어갈 수 있게 한다. 만약 작가가 이에 성공하지 못한다면 독자가 조금도 감동하지 않을 테니 애써 무리하지 말자. 그러나 조금이나마 감동했다면 저항하지 마라. 이 친절한 안내를 따라 정신에 각인될 때까지, 마음을 두드려 감동에 이르도록 자신을 내맡기자. 우리는 이제 우리 자신에게 속하지 않게 될지도 모른다. 그러나 그런 상태에 다다르기 위해 한 소설가나 시인의 책을 손에 쥐는 것이 아닐까? 허구가 우리를 사로잡는 이와 같은 방식은 매우 흥미롭다. 이것은 일종의 도취로, 개개인의 특성을 잃게 하는 동시에 증가시킨다. 더는 이성에 호소하지 못하는 암시 상태에서, 독자를 열광시키는 소설을 읽으며 우리는 우리 자신이 아니게 된다. 우리는 현재 눈앞에 나타난 등장인물 속에, 마술사가 그려 준 장소 속에 산다. 호라티우스가 말했듯 마술사는 최면을 거는 사람인데, 그 앞에서 우리는 우리 개개인의 특성을 잃어버린다.

그러나 다른 의미에서 우리 개개인의 특성은 더해지기도 한다. 말하자면 바로 '빌려 온 삶'에서 살아 있음을 여느 때와는 달리 더욱 화려하게, 더욱 넓으면서도 힘차게 느낄 수 있다. '빌려 온 나'는 본래의 나보다 더욱 풍요로운 삶을 사는데 그 또한 우리 자신이다. 이때 본래의 나는 받침대다. 기꺼이 모든 것을 지지하며, 이를 통해 더욱 확장된다고 느낀다. 달리 말하자면 본래의 나는 무언가를 담는 항아리와도 같다. 기꺼이 받아들이고, 받아들이면서 자신을 키우고 넓혀 가며, 결국 자기 자신을 넘어선다. 우리는 우리 자신 속에 클레브 공작 부인●의 영혼을 받아들인다. 한 시간 남짓 책을 읽으며 우리 안에 다른 영혼이 들어와 있음을 강하게 느끼며, 동시에 우리의 영혼이 다른 낯선 영혼을 감싸 안음을 감지한다. 감싸 안음으로써 자신 속에 침투하고 섞여 들며, 경이로울 정도로 자신을 풍요롭게 한다. 적어도 우리에게 경이롭게 보인다는 사실은 분명하다.

왜 최면인지를 이해하려면 깨어나는 순간에 주의를 기울여 보자. 아주 멋진 소설을 읽고 나서 우리는 정말이지 깨어난다. 눈을 비비고 기지개를 켜며 바르르 몸을 떤다. 그러면서 매우 분명하게 느낀다. 하나의 삶에서 다른 삶으로 나왔음을, 우리 자신이 감소하고 있음을, 또는 높은 곳에서 떨어졌음을. 바로 우리의 영혼과 일치했던 한 영혼이 우리를 떠나는 순간임을.

이처럼 자신을 내던진다고 내가 명명한 행위는 무엇보다 감

●17세기 문학평론가 부알로가 "파리 사교계에서 가장 총명한 여성, 가장 글 잘 쓰는 여성"이라 높이 산 라파예트 부인의 대표작에 나오는 주인공. 1678년 익명으로 발표되어 파리 사교계와 문학계에 엄청난 반향을 불러일으켰고, 세계 문학사에서 여성 작가의 살롱 문학을 넘어 심리 소설의 정전이자 근대 소설의 효시로 꼽힌다. ─『클레브 공작 부인』(라파예트 부인 저 · 류재화 역)의 소개 글 인용.

정을 다루는 작가를 대할 때 절대적으로 필요하다. 물론 이때에도 자신을 다잡아 추스르려는 노력을 멈춰서는 안 된다. 오히려 자신을 바로잡을 뿐 아니라, 그러면서 새로운 즐거움을 생각해 볼 수도 있다. 상상으로 가득한 작품을 생각한다는 건, 등장인물이 자연스러우면서 진실임 직한지를 자문하는 행위다. 그리고 우리가 책을 읽으면서 아름다움을 맛보듯 등장인물들의 진실함을, 즉 그들의 도덕적 삶이 얼마나 잘 집약되어 있는지를 음미한다. 그러면 누군가 물을 것이다. 대체 어떠한 기준으로 등장인물의 진실함을 판단하는가? 그러면 나는 대답하겠다. 바로 당신이 당신 주위에서 보고 관찰한 것들에 근거해서라고. 물론 이 경우 관찰 가능한 범위는 매우 좁고, 그로부터 우리가 끄집어낸 기준은 결과적으로 매우 빈약하다고 말할 수 있다. 그럼에도 나는 그 외에 진실을 판단할 다른 어떠한 방법도 알지 못한다.

우리는 비교를 위한 표현이 부족한 탓에 종종 착각에 빠지기도 한다. "당신들이 진실임 직하지 않다고 여긴 인물들은 실지 내가 아는 사람이오."라는 작가의 말은 맞을 수 있다. 그러나 사람은 서로 크게 다르지 않기에 개인적으로 거듭 관찰했다면, 비교를 통해 우리는 작가가 소개하려는 등장인물을 판단할 수도 있을 것이다. 그 등장인물이 현실에서 우리 시선

이 가닿는 범위 안에 있다면, 인간을 급으로 나눌 때 그 중간에 속하기 마련이다. 작가가 드러내고자 하는 존재들은 우리 눈 아래에서 이처럼 중간에 속해 있다. 중간에서 위나 아래로 빗겨나 있는 존재라 할지라도 닮지 않을 수 없다. 만약 조금도 닮지 않은 존재가 가능하다면 그는 순전히 상상으로만 이루어진 괴물일 것이다. 그러므로 우리에게는 묘사가 진실한지를 판단하기 위한 필요충분조건이 있다. 그랑데 영감•을 결코 본 적이 없다 하여도 우리는 그와 같은 수전노 아무개를 안다. 그리고 그랑데 영감을 곰곰이 그려 보다 말할 것이다. "그러니까 틀림없어. 그랑데 영감은 바로 아무개야……. 그를 끝까지 몰아붙여 격앙된 열정 상태로 끌고 간다면 그런 인물이 나올 거야. 다만 작은 도시나 마을 등 배경이 조금 다를 뿐이지."

소설 읽기는 두 번째 순간, 즉 판단할 수 있도록 고민하는 시간을 전제로 한다. 그러기 위해서는 매우 폭넓은 인간관계를 겪어야 하는데, 이는 자기 주위의 사람들을 관찰할 수 있는 습관을 통해 생긴다. 일에 치여 살면서 값싼 소설을 읽는 젊은이는 단지 첫 번째 순간에만 열광할 수 있는데, 이것을 나는 앞서 '내던짐'이라 말했다. 두 번째 순간은 더욱 완숙하고 관찰 기억에 특화된 능력을 지닌 사람들에게만 온다. 나이가 들었음에도 그들은 앞선 사람들에 비해 더욱 생생한 즐거움

• 발자크의 소설 『외제니 그랑데』의 주인공 외제니의 아버지 펠릭스 그랑데. 작품에서 그는 지독한 구두쇠로 묘사된다.

을 맛본다. 자신을 내던질 수 있음과 동시에 무엇보다도 소설을 삶에 견주어 보고 매우 생생한 감탄의 순간을 경험할 수 있다. 확신에 찬 그들은 소설이 삶을 베꼈다고 판단을 내리거나, 되레 인물 성격을 더욱 강하게 드러내 보이고자 삶을 변형시켰다 여길 것이다.

책을 읽으면서 우리가 느끼는 가장 강한 감정은 바로 우리가 살면서 본 것들을 소설에서 다시 볼 때 생겨난다. 그저 단순히 보는 것이 아니라 더욱 명확하고 더욱 두드러진 방식으로 말이다. 어떤 성격에 대해 우리가 알고 있는 상식은 의심할 여지 없이 옳지만, 그 상식은 일반적 상태에 머물러 있다. 종합적이지만 고정되지 않은 채 떠다닌다. 우리가 책에 넋을 빼앗기고야 마는 것은 그 상식을 소설 속에서 더욱 강한 빛으로 조명하여 다시 발견하기 때문이다. 강렬한 빛 아래 세부적 특징이 드러나고 의미심장한 특징은 더욱 부각되어 마침내 우리는 말할 것이다. "정말이었구나! 어렴풋이나마 봤어. 아니, 봤다고 말할 수는 없겠지. 그저 직감했을 뿐 완전히 내 것으로 만들지는 못했으니까." 진정으로 좋은 소설이라면, 소설은 반쯤은 무기력하게 벌어진 손아귀에서 벗어난 삶을, 우리한테서 멀어지는 삶을 포착할 수 있도록 돕는다.

그리하여 책을 읽으면 그 안에는 우리가 알고 있는 것, 우리가 배우는 것, 이미 알았기에 다시 배워야 하는 것, 다시 배웠기에 이제는 매우 잘 알고 있는 것들이 섞여 있다. 이렇게 우리는 현실에서 허구로 나아가며, 허구는 우리가 봐서 그 안에 현실이 스며들어 있을 때에만 가치를 지닌다. 그리고 현실이 스며든 허구를 겪고 나서야 현실은 우리에게 더욱 재미있고 유익해진다.

우리는 또한 허구를 판단하고 그것이 좋을 때 더욱 즐기기 위해 우리 내부를 들여다볼 수 있다. 매우 정직한 사람 클레르몽의 주교 마시용에게 물었다 치자. "당신은 어디에서 당신이 묘사하는 모든 패악의 소재들을 찾습니까?" 그는 "나 자신 안에서 찾습니다."라고 대답한다. 바로 그러하다. 모든 패악뿐 아니라 모든 덕을 묘사하고자 할 때 각자 자신을 묘사하는 방법만 배웠더라면, 우리 자체만으로도 묘사에 필요한 소재는 거의 충분할 것이다. 아니 적어도 모든 덕과 모든 패악을 그리는 그 모든 묘사가 진실한지를 분간하는 데는 충분하다. 우리는 각각 하나의 작은 세계로, 이 세계 전체가 응축하여 발아된 상태로 나타난다. 파스칼은 "이 세계 전체는 우리네 가족과도 같다."라는 이탈리아의 한 격언을 인용했는데, 이는 매우 정확한 것으로, 실제 세계 전체는 가족뿐 아니라 우리 자신과도 같다. 뿌려진 모든 덕과 패악의 씨앗은 우리 안에 있기에 여러 허구 사이에서 무엇이 현실적인지를 매우 잘 판단할 수 있게 된다. 언제나 우리의 일부인 허구는 작가의 손을 거쳐 하나의 등장인물로 변하며, 또 다른 우리 안의 허구도 마찬가지로 또 다른 등장인물로 변한다. 그리고 무엇보다 우리는 우리 자신에게 되돌아옴으로써 대개의 경우 판단이 가능하게 된다.

독서는 이처럼 우리에게 자기 자신의 심리를 분석할 수 있기를 요구하며, 훌륭한 독자는 심리 분석이 가능한 사람을 말한다. 나는 한 삼십 대 여성이 "나는 도대체 사람들이 『보바리 부인』•에서 무엇이 흥미롭다고 하는지 모르겠어요."라고 말하는 것을 들은 적이 있다. 나는 그녀에게 답해 주고 싶었다. "『보바리 부인』에서 우리가 흥미롭게 보는 것은 바로 당신입니다." 보바리 부인이 아니어도 주인공이 삶을 받아들인 방식, 그녀가 품은 모든 열정과 꿈은 아직 부화하지 못한 잠재된 상태일지라도, 여느 삼십 대 여성이라면 누구나 자신 안에 간직하고 있는 것이다. 어떤 심리적 연유에서였든 억제되거나 일상에서 벗어나 버린 보바리 부인은 그녀들 안에 존재한다. 다만 내가 앞서 말한 여인은 바깥으로 매우 치우쳐 있고 경솔하기에 자기 자신을 올바로 파악하지 못할 뿐이다. 그러하기에 다른 모든 여인이 그러하듯 그녀는 자신 안에도 섞여 있는

•귀스타브 플로베르의 소설(『마담 보바리』, 김화영 역). 당시 신문에서 연재가 끝나고 작가가 '공중도덕 및 종교에 대한 모독'으로 법정에 섰을 정도로 당대에 많은 파란을 불러일으켰다. 마담 보바리가 누구냐는 질문에 대한 작가의 대답이 유명하다. "마담 보바리는 바로 나 자신이지!"

보바리 부인을 가려낼 수 없다.

가끔 우리를 깜짝 놀라게 하는 허구들이 있다. 물론 이번에도 나는 좋은 허구에 대해 말하는데, 좋은 허구는 우리를 발견으로 이끈다. 우리는 매우 놀라고 충격에 휩싸여 말한다. "아니 이게 사실일 리가 없어!" 정의하기 어려운 어떤 것은 그것이 꼭 생각하는 만큼 거짓이 아님을 경고한다. 그래서 우리는 스스로 의문을 품다가 말하곤 한다. "적어도 그것이 불가능하지는 않지." 이 말은 우리 영혼에서 아직 미답인 상태로 멀찍이 물러나 있는 것이 반쯤 드러났음을, 잠재의식 일부가 낯선 손길의 도움으로 의식 안으로 들어왔음을 뜻한다. 이제 우리는 이전보다 더욱 깊이 우리 자신을 들여다볼 수 있다.

독서는 우리가 의식하는 바를 엄중히 살피기를 종용하며, 그에 대한 반작용으로 우리에게 검토하는 습관을 길러 준다. 좋은 독자라면 이미 허구의 등장인물들을 비교할 때, 그 인물을 우리가 아는 다른 사람이 아닌 우리 자신과 비교하기 마련이다. 마찬가지 방식으로 우리는 우리 자신을 한 권의 책처럼 읽어 내려가야 한다. 더군다나 우리가 한 편의 어려운 초고와 같은 상태라면 집중과 열의를 발휘해 읽어야 하기에, 나중에 가서도 우리 자신과 마찬가지인 여러 책을 비교하고 판단하는 데 필요한 능력을 더욱 날카롭게 갈고닦을 수 있다. 간혹 어떻게 읽어야 하는지를 가늠하기 어려운 책들이 있는데, 그 경우 우리는 어떠한 기준이 필요한지를 감지해 내지 못한다. 이러한 책들의 목적을 따져 본다면 그것은 이야기를 들려주려는 작가의 즐거움 때문도, 이야기를 들으려는 독자의 즐거움 때문도 아니다. 일반적인 관찰에 바탕을 두지 않았기에 책은 우리의 통제를 벗어난다. 그리고 그런 책들은 이상을 구현하려고도 하지 않는다. 보통의 우리 안에 있는 도덕적으로 훌륭한 소망이나 아름다운 꿈, 비할 바 없는 영감을 현실화하려는 것이 아니니 통제는 애당초 불가능하다. 오히려 이러한 책에는 평균 바깥에 있는 자들이 등장한다. 우리가 원하는 이미 알려진 삶의 바깥, 있는 그대로의 삶의 바깥에 있는 보통의 존재인 그들은 그 자체로 가치가 있다. 이런 인물들을 살펴보자면 공쿠르 형제●가 창조한 많은 인물들이나, 모파상의 소설 『오를라』●●의 주인공을 예로 들 수 있겠다. 이런 취향을 지닌 작가들은 정의하기 어려운 어떤 것을 가르쳐 주는 책들이 가장 흥미롭다고 기꺼이 말할 것이다. 자기 스스로 관찰하여 통제할 수 있는 것들을 구태여 작가가 쓸 필요는 없다. 원하는 사

● 19세기 대문호 에드몽 드 공쿠르와 쥘 드 공쿠르. '산문 형식의 가장 뛰어난 창작품'을 기리는 공쿠르상은 현재 프랑스에서 가장 권위 있는 문학상이다.

●● 모파상이 1886년과 1887년 두 번에 걸쳐 쓴 환상 소설. 오를라Horla는 모파상이 만든 단어로 바깥hors과 현재là의 합성어로 볼 수 있다. 정신분석학의 탄생을 알리는 『꿈의 해석』(1900) 이전의 작품이지만, 정신분석학적 관점에서 분석하여 매우 흥미로운 소설로 여겨진다.

람이 있으면 직접 써도 무방할 것을 굳이 읽을 필요도 없으며 단순한 관찰이 아니라 탁월한 관찰이어야 작가의 책이라 말할 수 있다. 미증유의 관찰을 담고 있으며, 그러므로 관찰의 영역을 확장할 수 있는 책이어야 하겠다.

그럼에도 이러한 책들은 우리를 놀라게 하면서 동시에 갈피를 잡지 못하게 한다. 우리는 확실한 영토에 발을 디디고 있다는 느낌을 받을 수 없으며, 심지어 부분적으로나마 책을 통제할 수도 없다. 말하자면 이 책들은 우리에게 너무도 많은 신뢰를 요구한다.

차라리 이러한 책들이 낯선 땅의 작가가 쓴 작품이거나 여행기였다면 더 좋을 수 있겠다. 놀랄 만한 구석이 조금도 없는 어떤 일본인일지라도 일본인이 아닌 우리에게 그는 매우 예외적이며, 우리에게는 그의 참과 거짓을 판단할 기준이 없기 때문이다.

그도 아니라면 우리는 작가에게 약속을 바랄 것이다. 책에 쓰인 사건이 사실이며 묘사한 성격도 참이라 말해 주면 어떨까? 그러면 우리는 그 책을 어떤 다른 책보다도 참신하게 여기면서 낯설면서도 흥미로운 관찰을 알려 주는 책으로 읽을 수 있을 텐데. 어차피 우리가 읽으려는 책은 장티푸스처럼 의사나 관심 가질 만한 전형적인 경우가 아니잖은가. 그러나 소설가의 약속은 이런 식으로 우리를 안심하게 해 줄 성격의 것이 아니다.

자신의 업을 잘 이해하고 있는 소설들이 가장 자주 사용하는 확실하면서도 최상의 방법은 예외적인 사건을 그와 반대로 통용되면서도 잘 알려진 관찰들로 둘러싸는 것이다. 그러면 우리는 우리 스스로 관찰하는 것들을 작가 또한 잘 관찰했음을 확인할 수 있다. 결과적으로 우리는 작가를 신뢰하고 좋은 관찰자로 존중할 수 있으며, 작가들이 예외적인 것을 이야기할 때에도 작가에 대한 신뢰를 잃지 않을 것이다. 그리고 예외적인 것은 어떤 의미로는 그것을 둘러싸고 있는 것들의 정확함에 덕을 보게 된다.

그렇다 하더라도 나는 딱히 이러한 책들을 어떻게 읽어야 하는지는 말하지 못하겠다. 일반적인 독서법을 넘어서기 때문이다. 따라서 우리 대부분은 단순히 순수 창작품으로 책을 읽고 책의 저자에게 만족감을 느끼지 못할 것이다. 결국 저자는 항의할 것이다. "단순히 만들어진 이야기였다면 흥미롭지 못했을 책이오." 그리고 우리가 매우 독특한 소설가라고 부를 그는 마치 자신이 역사가인 양 분노를 머금지 못하리라.

예외적인 것은 문학에서 위험으로 가득 차 있다. 문학이란 실제로 우리 모두의 영혼과 우리의 풍습을 그려낸다. 즉 지적

과장에 힘입어 진실에서 가장 흥미롭고 중요한 부분을 드러내는 작업이다. 그리고 그 과장이 아르파공, 타르튀프, 시멘, 폴린, 모님, 미트리다트* 같은 예외적 성격의 인물들을 만든다. 이러한 예외는 아주 재치 있는 과장이고 진실 자체를 확대했을 뿐이기에 여전히 알아볼 수 있고 통제할 수 있다. 여기 배우이자 극작가인 상송의 매우 재치 있는 문구를 보자. "극한에는 무엇보다도 규칙이 필요한 법이네."

약간은 단순한 언동으로 내비칠 수 있겠지만, 상송의 말은 조금도 틀리지 않았다. 나 역시 꾸밈없이 말해 보건대, 예외적인 것에는 무엇보다도 진리가 들어 있어야 한다. 아무리 비정상적일지라도 사실임을 이해하게 하고, 그로써 일종의 권위와 그에 따른 재미를 줄 수 있는 그런 진리가 바탕이 되어야 한다. 그저 완전히 예외적인 것은 대부분 그 성격으로 말미암아 반감을 산다. 또 어디에 자리하고 있는지 확실치 않은 잡종으로 보여 그것이 진실이라도 조금도 흥미롭지 않으며, 창조된 것일지언정 너무 특별한 상상력으로만 가득한 작가의 관심거리로만 남을 뿐이다. 따라서 나는 곧잘 말하곤 한다. "소설에서 예외는 그 작가의 예외적인 특성을 알려 줄 뿐이지, 그 외 나머지는 이미 어느 정도 정해진 값이 있기 마련이다."

●각각 몰리에르의 『수전노』, 『타르튀프』, 코르네유의 『르 시드』, 발자크의 『나귀 가죽』의 등장인물이며 모님과 미트리다트는 라신의 희곡 『미트리다트』에 나온다.

그러나 많은 독자는 온전히 예외적인 것에 관심을 기울인다. 그들은 뒤흔들리고 낯선 풍경에 사로잡히고 완전한 새로움을 보기 위해서라고 대답한다. 그들은 조금도 통제하려고 노력하지 않는다. 통제가 그들을 그들이 이미 본, 일상의, 별 관심 없는 것들로 내몰아서 그렇다는 것이다. 나는 이러한 그들을 조금도 나무랄 마음이 없다. 그러나 이 경우 문학보다는 다른 예술 장르를 알아보면 좋겠다. 우리가 존재하는 삶으로부터 우리를 벗어나게 하는 것은 문학이 아니다. 아무리 낭만적이거나 시적일지언정 그것은 회화도 조각도 될 수 없다. 그것이 가능한 예술은 이른바 건축과 음악이라는 양 극단일 것이다. 건축은 요컨대 그 어떠한 것도 베끼지 않았으며 순전히 추상적인 아름다운 선과 그 선에서 뽑아낸 완전한 개념 덩어리의 조합이다. 반대로 음악은 아무것도 베끼지 않았지만 인간의 정신 상태를 그리거나 그 정신 상태를 떠올리게 할 뿐이다.

또한 건축은 사람들의 생각을 삶으로 환원시킨다. 무슨 말이냐 하면, 한 건물은 이러저러한 목적으로 사람들이 드나들기 위해 지은 것으로, 어느 정도 그 목적에 걸맞은 특징을 갖추어야 한다. 각각에 필요한 형태가 있는 것으로 학교가 교회와 같은 선으로 이루어져서는 안 된다. 오직 음악만이 우리를 삶에서 완전히 벗어날 수 있게 해 준다. 음악은 바로 꿈의 표현 그 자체다.

사람들이 문학에서 예외적인 것을 좋아하는 것은 그들이 평범한 것에 싫증이 나서 그러는 게 아니라, 실제 삶으로부터 도피하고 싶어 하는 취향 때문이다. 그래서 그들은 문학을 접하면서 착각에 빠진다. 그들이 즐기며 고수하고 있는 종류의 문학은 허위의 것이다. 나는 그들이 자신의 특별한 기질에 맞춰 앞서 내가 말한 다른 두 종류의 예술을 접하는 것이 더 좋으리라 본다.

어찌 되었든 간에 서로 다른 각자의 본래 정신 상태에 따라서, 그에 상응하는 책을 읽는 방식은 매우 다양할 수 있다. 그 중에서는 매우 즐거우면서도 실망스럽고 동시에 확신하기 어려운 방식도 있다. 쉽게 믿으면 안 되지만, 결국에는 꽤나 교훈적인 그 방식은 바로 정신에 관한 연구다. 사람과 사람의 영혼까지 함께 연구하는 독서 방식인데, 이 방식이 가능한 이유는 바로 사람들이 자기 자신을 독자로 상정하기 때문이다.

작가의 서술만을 따라 읽는 사람이 소설가 알렉상드르 뒤마의 독자라면, 그는 행동하는 사람으로 보기 어려울뿐더러 종종 매우 게으른 사람일 수 있다. 그리고 대개 그런 사람들은 다른 사람들이나 자기 자신을 관찰할 사람이 못 된다. 그들에게는 내적인 삶도, 외적인 지적 삶도 없다.

이러한 사람들은 달리기 경주나 비행기 이륙 구경을 매우 좋아한다. 신체적으로 게으름에 빠져 있을 뿐이지, 정신적으로는 매우 위대한 여행자다. 미국의 사상가 에머슨이 말했듯 그들에게 여행은 '바보들의 천국'은 아닐지라도, 관찰하거나 관조할 수 있는 재능을 내팽개친 사람들의 천국임은 틀림없다. 그들의 여행을 만족시키는 데에는 관조도 관찰도 6제곱킬로미터 이상을 필요로 하지 않는다.

또한 그들은 이야기를 들려주기를 좋아하며, 특히 자기 자신에 대해 말하는 데 주저함이 없다. "내가 거기 있었지. 내게 그런 일이 생겼지." 등을 그 누구보다 자주 말한다. 매우 많이 이야기하지만, 이치를 따지는 데는 박한 그들은 결코 곰곰이 생각해 보는 법이 없으며 뉘우칠 줄도 모른다. 그러나 그들은 매우 호감 가는 사람으로 그들이 속한 모임은 쓸모없는 만큼이나 유쾌하기 그지없다. 물론 이것은 사실일 수 있다. 하지만 유쾌한 것이 정말 쓸모없을 수 있는지 반론을 제기해 볼 여지는 남아 있다.

사실주의 소설만을 좋아하는 독자는 일반적으로 곧고 올바르며 든직한 정신의 소유자다. 그들은 좋은 눈을 가졌으며 이치에 맞게 따질 줄 알아 속는 경우가 드물다. 그러나 쉽게 속이기 어렵다는 말은 그 사람이 삶에서 곧장 몸을 빼는 사람임을 의미한다. 그들은 비관론에 기울곤 한다. 하지만 위대한 비관론자가 언제나 냉철한 이상주의자임을 참작한다면, 그들은 그저 모든 것을 보잘것없다고 판단하는 사람들이라 봐야 하겠다. 그들은 임의로 간주하고 별 어려움 없이 받아들인다. 그들은 다른 사람들을 비방함으로써 자기 자신을 위로한다. 슬프면서도 조금은 고약한 영혼의 소유자인 이런 사람들에게는 비방도 하나의 위로인 셈이다.

사실주의 작품 애호가는 그리 훌륭한 독자가 아니다. 그들은 자주 작가가 쓴 글이 충분히 어둡지 않다고 판단하여 더욱 엄격하게 인간의 비천함을 다루기를 충고할 것이다.

사실주의 작품 애호가는 어느 정도 음산한 모임을 꾸린다. 기지나 해학이 부족한 그들은 모든 것이 용납되는 사교계에서조차 크게 환영받지 못할 것이다.

일상에서 볼 수 없는 미덕과 예기치 못한 미세한 감정의 소유자를 등장인물로 하는 이상주의 작품의 독자는 보통 여성인 경우가 많다. "내게는 젊은이들과 부인들이 있소."라고 시인 라마르틴은 말했다. 낭만주의 작가 조르주 상드 또한 틀림없이 그렇게 말할 수 있다. 물론 이상주의 작품의 독자라고 항상 낙관적이지만은 않다. 그러나 그는 소수의 사람들에게서나마 인간 본성의 고귀함을 보고 그들과 함께하고자 한다. 이런 자세가 잘못됐으리라는 법은 없다. 그들에게는 매우 고결한 힘이 있다. 비록 그 힘이 항상 효력을 발휘하지는 못하더라도 그들이 고려해야 할 것임에는 틀림이 없다. 그들은 이토록 특별한 영혼의 소유자다. 그 영혼은 자연스레 이상을 좇으려는 본래 자신으로부터 비롯되어, 자신이 좋아하는 책을 통해 자신이 타고난 본능을 더욱 풍요롭고도 정갈하게 하는 법을 배워 완성된다. 그렇게 그들은 우리가 로마네스크●라고 부르는 경이로운 영혼의 소유자가 된다.

로마네스크적인 사람은 우리에게 호감을 불러일으키며 여러 면에서 우리에게 만족을 선사한다. 우선 우리는 그들을 사랑하고, 그들이 귀족과도 같이 훌륭한 성품을 지녔음에 경탄하며, 아무 두려움 없이 그들을 신뢰할 수 있다는 점에서 만족을 느낀다. 그리고 결국에 우리는 그들에게 올바른 양식과 신중함, 경험에서 우러나오는 삶의 지혜를 가르쳐 줌으로써 우리 자신이 성숙하고 넓어짐을, 우리 자신이 자랑스러움을 느낄 것이다. 그래서 이 모든 것들은 자신으로부터 비롯된 기쁨과 만족, 깊고 내적인 즐거움, 자비롭고도 관대한 우위의 감정으로 가득 차게 된다.

시를 읽는 사람들 또한 이상주의 소설의 독자와 크게 다르지 않다. 그렇지만 분명 어느 정도 구분해 둘 필요가 있다. 왜

●로마네스크romanesque는 본래 소설roman에서 유래한 단어다. 소설의 모험처럼 경이롭거나 소설의 등장인물처럼 고양된 상태를 말한다.

냐하면 그들은 단순히 로마네스크적인 사람이 아니기 때문이다. 그들은 어떤 의미에서 예술가이거나 예술가이고자 하는 사람들이다. 그들은 '예술적 언어' 안에서의 독서를 원한다. 낭만주의 시인 뮈세가 말했듯 이 예술적 언어 안에서 세계는 말하지 않는다. 단지 들려올 뿐이다. 게다가 들리는 것 또한 많지 않다. 시를 읽는 사람들은 이 세계에 발을 들였거나, 그렇다고 믿으며 자랑스러워한다. 시인과 시를 읽는 사람들 사이에는 소설가와 소설의 독자들 사이에 없는 특별한 유대감이 있다.

시인에게 시의 독자는 무언가 정수를 아는 사람이다. 그리고 독자 또한 자신이 정수를 지니고 있거나 그렇다고 믿는다. 소설의 독자도 평소 그렇게 거만을 떨지 못하는데, 시 독자는 거의 언제나 자신에 차 있다. 그들은 신문 읽는 사람을 경시한다. 또한 그들은 실용서나 역사책을 읽는 사람에게도 어느 정도 경멸을 표한다. 그들은 자기 자신이 보다 우월한 영혼의 소유자이며, 그 영혼이 그리스에 있는 히메투스 산맥의 백리향 꿀을 잔뜩 머금었음을 의심하지 않는다.

이상주의 소설의 독자가 직접 소설을 쓰는 경우는 드물다. 그러나 반대로, 시를 읽는 사람이 스스로 시구를 짓지 않는 경우는 드물다. 그들은 파르나스●의 후예인 것이다. 나는 그

●그리스 신화에 따르면 파르나스는 시인들을 위해 봉헌된 산이다. 19세기 후반의 시인들을 파르나스 학파로 분류하기도 한다.

런 그들을 말릴 마음이 없다. 철학서에서 우리는 보편적인 생각을 찾는다. 마찬가지로 사실주의 소설에서는 관찰을, 이상주의 소설에서는 아름다운 감정을 찾지만 시인들에게서 우리는 이 모든 것들과 더불어 새로운 율동과 운율, 조화를 발견하고자 한다. 이 모든 기법은 그들이 가리키는 저 기저에 있는 본질만큼이나 중요한 의미를 지닌다. 그리고 우리가 그 안에 섞여 들어갔을 때야 비로소, 각각의 기법에 즐거워하고 만족하며 애정 어린 태도로 즐길 수 있다. 직접 시험에 들지 않고서는, 그 어려움을 스스로 알고 조금이나마 성취감을 맛보지 않고서는 알 수 없다. 오직 음악가들만이 음악을 이해할 수 있다. 그 외의 사람들이 마치 무언가를 이해한다고 믿고 있다면 그들은 자신이 속물임을 반증할 뿐이다. 마찬가지로 시를 이해할 수 있는 사람은 조금이나마 스스로 시구를 지을 수 있는 사람밖에 없다.

어렸을 때 공부해야 했던 라틴어 시구를 한참이나 비웃었던 기억이 있지 않은가? 그 시구는 로마의 시성 베르길리우스를 읽는 기쁨을 맛보기 위하여 특별히 쓰인 것이었다. 로마의 문법학자 아울루스 겔리우스의 글을 읽는 것과는 격이 다르다. 바이올린을 연주했던 사람들이 모차르트의 음악을 음미할 수 있는 것처럼, 라틴어로 시구를 지었던 사람만이 베르길리우스를 읽을 수 있다.

그러므로 시를 읽는 사람들은 대부분 시를 쓰거나 썼던 경험이 있다. 그들은 다른 사람보다 자신이 조금은 우위에 있다 여긴다. 그들은 언어의 조탁가이며, 선별된 고결한 사람이다. 소설가 에드몽 아부의 작품에 한 늙은 여인이 나온다. 고귀한 성품의 소유자인 그녀는 다음과 같이 말했다. "예술가들을 보며 내가 기쁨을 얻는 이유는 바로 그들이 부르주아가 아니기 때문이지요." 마찬가지로 시를 읽는 사람들은 자신이 부르주아가 아니라고 생각한다.

게다가 살짝 자신을 꾸밀 줄 아는 그들은 다른 사람들에게 큰 호감을 불러일으킨다. 비록 시인에게 전염이라도 된 듯 과민한 성격을 내보이기도 하지만 사교적인 그들은 좋은 언어를 가려 사용하며 일반적으로 대의를 따르는 사람들이다. "위대한 시인이여!" 우리는 보통 이상주의자를 이렇게 부르는데, 이것은 시인을 예찬하는 표현이며 다음과 같이 말할 수도 있다. "특별해. 무엇보다 특별하기를 원하지. 독창적이기를 마다치 않아 조금은 거만해 보일 수도 있어. 그러나 그는 고결한 감정을 맛보길 좋아해. 왜냐하면 그는 시를 읽는 사람이거든."

마지막으로 오롯이 예외적인 존재로만 가득한 책을 읽으려는 사람은 일반적으로 삶에 만족하지 못한다. 자신의 삶을 따분하게 여겨 삶에서 가능한 한 멀리 떨어져 있기를 바란다. 뮈세의 희곡 『팡타지오』의 인물과도 같다. "저기 지나가는 사람이 나였으면. 그의 머릿속은 분명 내게 너무도 낯선 기막힌 생각들로 가득하겠지. 그는 본래 매우 특별한 사람일 거야." 이 말로도 부족하리라. 예외적인 것을 찾는 사람이 원하는 바는 따로 있다. 스쳐 지나가지 않는, 단 한 번도 자기 앞을 지나치지 않았던, 앞으로도 영영 지나가지 않을 사람이 되기를 그는 바란다.

사교적일 수 없는 그에게 말 걸기를 삼가도록 하자. 우리는 이미 알려진 세계에 속해 있다. 우리가 현실 세계의 범속함을 지니고 있는 존재 중 하나임에는 이론의 여지가 없다. 특별함이란 모든 것으로부터 구분될 때만 가능하다. 그러므로 특별하려면 애당초 존재하지 말아야 하며 심지어는 그 존재 자체가 불가능할 경우에만 성립된다. 존재가 가능한 것으로 인식되려면 우선 다른 것과 닮을 수 있어야 하기 때문이다.

내가 방금 이야기한 것들은 일반적으로 사실임이 틀림없다. 그러나 가끔은 전혀 다른 것들이 일어나기 마련이다.

자기 자신을 거스르기를 원하거나 평소 자신이 익숙한 쪽으로만 기울어지지 않고자 하는 사람들이 있다. 그들은 매우 추상적인 생각을 하는 사람 혹은 순전히 작가나 작중 인물의 설명만으로 이루어진 책 읽기를 즐기는, 내적 성찰에 능한 사람이다. 우리는 우리에게 그러한 즐거움을 줄 사람으로 몽테스키외의 후계자라고도 부를 대중 소설가 퐁송 뒤 테라이를 들 수 있다.

가끔이나 꽤나 자주 로마네스크에 심취한 사람이라도 평소 사실주의 소설을 읽는 경우가 있는데, 그 예로 우리는 플로베르를 꼽을 수 있다. 로마네스크이자 철저한 낭만파 작가인 그는 단순히 사실주의 소설을 읽을 뿐 아니라 직접 사실주의 소설을 쓰며 자신을 갈고닦았다. 그 외에도 특히 여성들에게 종종 확인할 수 있는 것으로, 그네들이 로마네스크 작품을 좋아하는 것은 단순히 표면적인 일일 뿐이라는 것이다. 그들의 밑바닥에서 우리는 매우 사실주의적이면서 실용적인 면모를 찾아볼 수 있다. 물론 항상 그렇다는 게 아니라 꽤나 자주 있는 일임을 밝혀 둔다.

각각의 독서에 따른 이러한 특성은 사실일지라도, 많은 진실이 그러하듯 하나의 상대적 진실일 따름이다. 흥미로운 관찰일 수는 있어도 모든 관찰과 마찬가지로 통제가 필요하다.

나는 거의 '사라진 유형'으로 볼 경우를 논외로 두었는데, 조금이나마 그 명맥을 유지하는 사람들을 언급해 보기로 한다. 고전이라 불리는 것, 그러니까 호메로스, 베르길리우스,

호라티우스 등을 읽는 사람이 있다. 이 독자들은 학교에서 그리스 고전 문학을 가르치는 교수들이 대부분이지만, 나는 그들을 언급하려는 게 아니다. 내가 말하려는 독자는 직업적 독자가 아니다. 바로 자신의 취향이나 선택에 따라, 또는 사명으로 호메로스나 호라티우스를 읽으며 즐거워하는 사람들이다. 이러한 작가가 바로 그들이 읽고자 하는 대상이기에, 그리고 다름 아닌 자기 자신을 위해 책을 읽는다.

이러한 독자는 상당히 유별난 사람들이다. 대개 매력적으로 보이지만 기실 매우 별난 사람임에 틀림없다. 무엇보다 유년기의 공부가 그에게 많은 영향을 끼쳤을 것이다. 학교에 다니는 걸 지겨워하지 않았으며, 선생들 또한 그가 고전에 싫증을 내지 않도록 가르쳤을 것이다. 이것만으로도 그는 이미 어느 정도 예외적이다.

아주 많이는 아니더라도, 조금이나마 다음이나 그다음 세대에 가서야 이런 독자를 찾을 기회가 많아지리라. 오늘날에는 교사들이 조금도 고전을 가르치지 않기 때문이다. 그들은 단지 사회학이나 현대 문학만을 가르친다. 이것이 소위 말하는 인문주의의 결과란 말인가! 하지만 그러므로 반대 경우를 생각해 볼 수도 있겠다. 이제까지 고전을 가르치는 방식이 끔찍스러웠기에, 베르길리우스나 호라티우스가 우리의 기억에 지겨운 것으로만 남아 있기에, 오늘날 선생들이 고전을 내팽개쳐 두었기에, 감히 말하건대 그렇기 때문에 학생들은 때 묻지 않은 본연 그대로의 고전의 아름다움과 매력을 맛볼 수 있지 않을까. 라틴어를 읽을 줄 알고 베르길리우스를 선생의 개입 없이 읽는다는 것은 베르길리우스를 즐길 수 있는 최상의 조건이며, 이것이 오늘날 우리 학생들이 처한 상황이다. 인문주의의 부활은 아마 지금이 아닐는지.

어찌 되었든 이런저런 상황에 힘입어 유년기 학습이 호라티우스를 읽는 사람에게 많은 영향을 끼쳤음은 분명하다. 선생들이 고전에 거리를 두어서 그랬든 반대로 아주 예외적인 선생이 있어 학생들에게 고전을 음미하게 해 줄 수 있어서 그랬든 간에 말이다.

그다음으로 조금은 앞에서 말한 것에서 비롯되었을 수도 있을 텐데, 개인의 기질에서 그 원인을 찾아야 할 경우도 있겠다. 학교를 졸업하고 더는 현대 문학에 흥미를 붙이지 못하는 사람이 있다. 그런 사람은 이후 예술이나 회화, 음악 쪽에 관심을 쏟으려 했겠지만 자신의 취향이나 적성에 맞지 않았을 것이다. 결국 그는 조금씩 본래 자신이 알고 있던 것으로 되돌아오게 된다. 열다섯 무렵 배웠던 것에 흠뻑 빠지거나 다시 흥미를 보이기 시작한다. 지적으로 보다 성숙하고 감수성이 풍부해진 그는 예전에 알아보지 못했던 작가들이 매우 탁월했음을, 그들이 마음과 영혼의 양식임을 알아차린다.

이제 중년에 접어든 그 사람은 자기가 사는 시대에 거의 조금도 관심을 두지 않거나 낯설어한다. 그는 몽테뉴를 닮아 간다. 아니 결국 그는 몇 등급 낮을지라도 본인이 몽테뉴가 되는 것이다.

나는 그가 자기가 사는 시대에 무관심하다고 했지 적대적이라 말하지 않았다. 만약 그가 적대적이었다면, 그는 지속적으로 자기 자신에게 분노를 표출하거나 자기가 사는 시대에 저주를 퍼부으려 했을 것이다. 무관심하고 낯설어한다는 말은 그가 자기 시대를 잘 알지 못하며 조금도 그것을 알고자 하는 근심에 사로잡혀 있지 않다는 뜻이다.

이것은 단지 고전 독자, 정확히 말하자면 그리스인이나 로마인의 영혼의 소유자로 다시 태어났음을 의미하는 게 아니다. 그는 자신이 속한 모든 시대의 영혼을 소유한다. 실제 고전 작가들이 살아남을 수 있었던 까닭은 그들에게 영속적인 무언가가 있으며, 매우 보편적인 그들의 모습이 최종적인 형태로 잘 담겨 있기 때문이다. 이는 개별적인 차원에서 벗어나 모든 시대에 통용된다. 즉 시대를 막론하고 이성과 상상력, 감수성과 취향이 있는 사람이라면 누구나 고전에서 즐거움을 찾을 수 있다. 물론 그 사람은 자기 시대의 특별한 상상력이나 감수성, 그 시대의 기호나 논리에 파묻혀 있지 말아야 할 것이다.

16세기 인문주의자는 종교 문제, 아니 더 정확히 말해 종교적 감정이나 신앙적 차원의 문제로 고통받지 않는 사람을 가리켰다. 또한 17세기 '고전 신봉자'는 아직 태양왕 루이 14세의 여파가 남아 있어도 그에 사로잡히거나 현혹되지 않는 사람을 의미한다. 그리고 18세기에, 매우 희귀하지만 자신만의 기호가 있는 사람은 우주가 이제 막 처음으로 영원한 이성에 눈을 뜨고, 세계가 바로 어제나 오늘, 아니 내일로부터 시작하리라는 말에 넘어가지 않는 사람이다.● 그리고 19세기에 이르러서야 비로소 고전주의자라는 이름에 걸맞은 인간상이 대두한다. 그는 위고나 라마르틴 같은 작가들에게 지배당하지 않을뿐더러 오히려 위고나 라마르틴, 뮈세에게서 보이는 모든 고전적인 모습을 알아차린다. 또한 충분히 자유로운 정신을 간직하고 있기에 호메로스를 대할 때, 그가 위고의 탄생을 알린 사람이거나 거꾸로 위고의 제자인 양 바라보지 않고 호메로스를 그 자체로 읽을 수 있다.

따라서 고전 작품의 독자는 당대에 적대적이지 않으면서도 낯선 상태로 머무를 수 있다. 이때 독자의 낯섦은 적대를 넘어

● 각 세기에 쟁점이었던 사안을 말하고 있다. 16세기에 인문주의와 신본주의의 대립, 17세기에 고대인과 근대인의 비교, 18세기에 천문학을 위시한 과학과 종교 간의 갈등이 있었음을 알 수 있다.

모든 세대를 아우르고야 마는 지경에 다다른다. 어떠한 유행도 그에게 영향을 끼치지 못하며 그 자신 또한 유행이 있는지조차 알아차리지 못한다.

만약 내가 생각하듯 노쇠하지 않는 게 행복이라 할 수 있다면 그는 매우 행복한 사람이다. 그는 대중의 취향에 따라 그가 젊었을 때부터 생긴 변화들을 알아차리지 못한다. 그러나 청년이나 노인 중 몇몇이 그들의 청춘에서 이미 경험한 것을 그는 지금 맛볼 수 있다. 그리고 동시대의 사람들이나 청년 중 몇몇이 지금도 맛보고 있는 것을 그 또한 맛본다. 언제나 누군가와 함께하며 단 한 번도 혼자 있는 법이 없다. 예순이 되었다고 해서 스무 살 때보다 더 외로워지지도 않는다. 그는 문학이 세상에서 가장 불안전한 것이라고 생각하지 않는다. 그런 그를 두고 지금 이 순간을 사는 사람이라 말하지는 않으리라. 그가 마치 평생에 단 한 번 있을 현존과 영원 사이 선택의 기로에서 영원을 선택했기 때문에 최상의 몫을 배당받았고 그 몫은 절대 사라지지 않을 것이기에.

4

연극 작품 읽기

희곡●은 과연 읽기 위해 쓰는 것일까? 나는 듣는 만큼이나 읽는 게 중요하다고 생각한다. 흔히 말하듯 무대 조명 아래서만 좋은 연극 작품을 가릴 수 있다는 말이 진정 사실이라면, 책을 읽어야만 판단할 수 있는 무언가가 있다는 말에도 조금의 거짓이 있을 수 없다. 순간 강렬하게 번쩍이는 빛이나 동작, 이런 것으로 우리는 무대에 올려진 연극을 판단하기도 한다. 그러나 작품을 읽기 위해서라면 무엇보다도 변치 않는 견고함이 중요하다. 독서는 우리가 공연의 권위에서 벗어날 수 있도록 도와준다. 배우들의 연기, 그들의 낭독에서 나오는 표현의 힘, 우리에게 설파하고자 하는 영향력이나 지배력, 우리

● 책에서는 연극이나 희곡에 관련된 용어로 'théatre', 'dramatique', 'comédie' 등을 사용한다. 각 용어는 상황에 따라 연극, 드라마, 비극, 극시, 희곡 등으로 사용될 수 있다. 여기서는 문맥에 따라 극작가 개인의 고유한 문학적 활동, 즉 텍스트로서의 작품은 희곡으로, 희곡을 기본으로 무대에 올리는 종합예술은 연극으로 번역했다.

는 책을 읽음으로써 이들에게 더는 속아 넘어가지 않는다. 그리고 무엇보다 읽는 행위에 기대어 우리는 책을 또다시 읽어 나갈 수 있으며, 다시 읽어야만 제대로 판단할 수 있다. 단순히 연극의 양식뿐 아니라 구성이 어떠한지, 작품이 내적으로 잘 배치되었는지, 심지어는 작품의 기저에 무엇이 있는지마저 문제 삼는다. 그렇게 해야만 작가가 우리에게 제기하려는 문제나 각인시키고자 하는 총체적 인상을 받아들이고, 그것이 무대에서 잘 드러났는지 아닌지를 떠나 자기 스스로 이해할 수 있다.

직접 읽어야만 우리는 비로소 위조 화폐를 진짜로 착각하지 않을 수 있으며, 어느 정도 박식해 보인다고 무슨 하나의 사상이나 감정이라도 되는 양 치부하지 않을 수 있다. "몇몇 극작가●는 자신이 매우 고결하거나 거룩한 감정으로 가득 찬 것처럼 화려하게 운을 띄우는 데만 정신이 팔려 있지. 사람들은 그것에 탐욕스레 귀 기울이거나 눈을 드높이고 입을 벌린 채 만족하였다고 생각할 터야. 이해가 부족하면 부족할수록 더욱 감탄하여 숨을 고를 틈도 없는 걸세. 그저 열렬히 박수갈채나 보낼 따름이지. 어린 시절에는 그런 공간이라면 노상이든 원형 극장이든 간에 배우가 이해하기에도 명쾌하고 좋으

●프랑스에서는 전통적으로 극작가를 극시 작가라고도 일컫는데, 고대 그리스에서 근대 이전까지 희곡은 기본적으로 운율이 있는 시구로 이루어졌기 때문이다. 우리가 익히 아는 셰익스피어나 몰리에르의 작품도 원문은 운문으로 되어 있다.

리라 생각하였네. 작가들도 서로 잘 이해할 수 있고 그런 그들의 애기에 내가 흠뻑 빠질 공간이라 여겼던 것이지. 하지만 그것은 사실이 아니었고 나는 어떠한 것도 이해할 수 없었어. 착각하고 있었던 게지." 이렇게 말한 작가 라브뤼예르가 그 착각에서 헤어 나올 수 있었던 것은 물론 무엇보다 책을 읽으면서였다.

많은 작품이 극장에서 흥행하는데, 이때 인쇄물인 책은 일종의 암초와도 같은 역할을 한다. 연극 작품에 등급을 매겨 보도록 하자. 극장에 가기보다는 읽어야 더 좋은 작품, 공연장에서만치 서재에서도 훌륭한 작품, 보는 것에 비해 읽기엔 좋지 않은 작품, 인쇄할 가치도 없는 작품. 이처럼 작품을 네 가지로 분류할 수 있겠다.

첫 번째는 배우의 재능보다 작품이 우위에 있는 것으로, 배우는 그 결과 작품의 조화를 깨트리거나 품위를 떨어트린다. 모든 위대한 고전들이 이에 속한다.

두 번째는 평균 언저리 것으로 이런 작품은 잘 읽힌다고 평하는 만큼이나 그 작품을 무대에 잘 올렸음을 칭찬해야 한다.

세 번째는 작품은 많이들 그러하듯 작품이 배우의 재능에 미치지 못해 배우가 작품을 원래보다 드높인 경우다.

네 번째는 바로 배우가 작품을 만드는 것으로, 이때 진정한 작가는 배우 자신이라 볼 수 있다. 흥행하는 작품 중 가장 많은 수가 이에 해당한다.

작가가 특정 유명 배우나 이런저런 연기자를 염두에 두고 쓴다면, 그 작품에 독자를 위한 자리는 없다. 그들은 작품이 읽히기를 포기하고서 실지 자신의 작품이 예술인 양 치부한다.

그러나 한편으로는 읽고 다시 또 고쳐 읽기에 매우 좋은 작품이 있다. 심오하면서도 섬세한 작품으로, 라신이나 마리보 외에도 코르네유나 몰리에르의 작품, 고대의 희극 작가인 소포클레스나 테렌티우스도 같이 머리에 떠오른다.

우리는 좋은 희곡을 읽어야 한다. 좋은 희곡을 읽는 데에는 매우 특별한, 정말이지 매우 특별한 독서 방법이 있다. 작품을 읽으려면 우선 해당 작품이 극장에서 자주 상영된 것이어야 한다. 작품을 읽으면서 동시에 **작품을 봐야** 하기 때문이다. 작품을 눈으로 본다는 것은 우리가 극장에서 맞닥뜨리는 창의성을 좇는다는 말로, 없어서는 안 될 필수 작업이다. 진정한 극작가는 자기 작품이 무대에 올려지는 것을 보며 글을 쓴다. 배우가 들어가고 나가는 것을, 그들을 어떻게 묶을 수 있는지, 그들이 대화를 주고받으며 취하는 이런저런 행동을 미리 볼 수 있어야만 좋은 작품을 쓴다. 마찬가지로 독자도 자신이 읽는 작품이 마치 무대에 올려진 것처럼, 실제 배우들이 말을 주고받거나 대사를 읊조리는 것을 듣는 것처럼 봐야만 한다.

이미 몇 번 극장에 가 봤다면 앞서 말한 방식의 독서에 쉽게 익숙해지며, 그러한 독서에 익숙해지면 그 즉시 더는 다른 방식으로 읽을 수 없게 된다. 그 외에 어떠한 방식도 더는 만족을 주지 못하기 때문이다. 안락의자에 파묻혀 보는 이런 공연에서 불편함을 찾아볼라치면, 그것은 과열된 난방에 냄새가 심해 불편할 따름인 극장에 가서 관람하고 싶은 욕구를 누그러뜨린다는 점일 터다. 조금 과하다 싶어도 이 방법 덕에 우리는 연기자의 대사를 들으며, 대사를 읊는 연기자가 아니라 그 말이 다다르고 있는, 침묵하고 있는 상대방의 모습을 그릴 수 있다. 폼페•가 말하는 동안 우리의 눈은 유독 쉬레나를 향하게 되고, 도린과 클레앙트가 놀리거나 꾸짖을 때의 모습을 그리며 오르공••을 바라본다.

설사 위 방식이 지나치더라도 큰 위험은 있을 수 없다. 안락의자에 파묻혀 보는 공연의 장점이 바로 이것인데, 거듭하여 읽기가 언제든지 가능하다는 점이다.

이는 특히 고전 연극을 위해서라면 없어서는 안 될 요소다. 너무 전념하여 거의 편집증에 이를 정도가 아닌 한에야 잊어

• 코르네유의 희곡 『폼페의 죽음』(1644)의 주인공. 여기서 저자는 잠시 착각을 한 듯하다. 쉬레나는 『폼페의 죽음』이 아닌 『쉬레나』의 등장인물이다.
•• 몰리에르의 희곡 『타르튀프』의 주인공. 뒤에 나오는 도린과 클레앙트도 이 책의 등장인물이다.

서는 안 될 것이 있는데, 실제로 고전 연극은 조각과도 같은 예술이라는 점이다. 등장인물들은 그 안에서 조화롭게 분류되고, 영혼이 생각이나 사상의 아름다움에 빠지는 만큼, 눈으로는 선적인 아름다움에 만족하게 된다. 게다가 고대 그리스인은 끊임없이 자신을 예술가로 자리매김하고자 하였다. 사실이 그러하다면 그들의 연극을 만끽하기 위해 우리는 우리 자신을 예술가로 삼아야 한다. 그도 아니라면 그들만큼 연극을 향유할 수 있도록 여러 방법 가운데서도, 특히 그네들이 연극을 즐기던 방법을 찾아 따라야 한다. 소포클레스 때부터● 무대 장면에 제3의 인물이 등장한 것은 부분적으로나마 어떻게 하면 예술적으로 인물들을 분류할 수 있느냐는 고민에서 비롯된 것이었으며, 그와 반대되는 규칙(네 번째 인물이 대화에 끼어들어서는 안 된다) 또한 그 영향 아래에 놓여 있다는 사실은 추호도 의심할 여지가 없다.

한번 잘 살펴보자. 예술적 측면에서 같은 성향이거나 조각 예술처럼 이상적인 교류가 없는 사람이라면, 그를 포함한 세 명이 함께 무대를 채우고 있는 경우는 매우 보기 드물다.

그러므로 소포클레스나 에우리피데스를 읽어 나가면서, 특히 전자의 작품에서 미학적으로 뛰어난 감정을 자아내려고

●소포클레스 이전의 작가 아이스킬로스의 연극 작품까지는 한 장면에 대립하는 두 인물만이 등장했다. 세 번째 인물을 등장시킴으로써 연극을 더욱 동적인 방향으로 발전시켰다.

설정한 인물 집단을 본인의 눈으로 직접 짚어 내며 관찰할 수 있어야 한다. 이러한 점에 바탕을 두고 특히 소포클레스가 쓴 『안티고네』, 『오이디푸스』, 『콜로노스의 오이디푸스』를 다시 읽어 보라.

프랑스 연극을 보면, 위에서처럼 인물 군으로 나누는 특징을 라신에게서는 결코 찾아볼 수 없지만 코르네유에게는 있다. 오귀스트, 막심, 시나●는 하나의 인물 군으로 묶인다. 그리고 왕과 동 디에그, 시멘●●이 하나로 묶인다. 마찬가지로 오라스와 퀴리아스, 사빈, 카미유●●●에게 와서 "이게 무슨 일이란 말이냐, 너희 가슴에서 타오르는 소리를 들으라."(2막 7장)라고 말하며 개입하는 오라스의 아버지 또한 매우 훌륭한 인물 군을 형성한다. 이러한 예는 수없이 많을 것이다.

— 그것은 연극을 오페라인 양 취급하는 게 아닌가!

— 고대 그리스 연극은 일종의 오페라지만 프랑스 연극은 그렇지 않다. 그러나 프랑스 연극은 끊임없이 고대 그리스 연극의 영향을 받아 왔고 특히 그 정신이 비극에 맞닿아 있다. 그러므로 자연스러우면서도 지적인 방식으로 인물 군을 나누려는 문제뿐만 아니라, 프랑스 연극에서 볼 수 있는 시적 문체

●모두 코르네유의 희곡 『시나』에 나오는 등장인물.
●●모두 코르네유의 희곡 『르 시드』에 나오는 등장인물.
●●●모두 코르네유의 희곡 『오라스』에 나오는 등장인물.

에서도 오페라와 비슷한 점을 발견할 수 있다. 이것이 문제가 있다거나 그 격이 떨어지는 것이 아닐뿐더러 연극의 쇠퇴와는 애당초 거리가 멀다.

어찌 되었든 비극이나 희극을 읽으면서 동시에 그것을 보는 데 익숙해져야 한다. 배우들의 입·퇴장이나 동선, 대본에서 지시하는 점, 배우들이 말이 실제 일어날 수 있다는 가능성, 대사를 통해 아직 등장하지 않은 인물의 모습을 상상하기 등 모든 것에 주의를 기울여야 한다.

문학평론가 브륀티에르가 지적했듯, 라신의 대표작 『페드르』의 도입부는 실로 하나의 그림과도 같다. 페드르의 모든 대사는 그 인물됨이나 태도, 행동 등을 묘사하고 있다. 실제로 작가는 천재적 재능뿐 아니라 뛰어난 무대 경험이 있기에, 배우가 자신이 이해한 대로 연기하도록 강제할 수 있다. 작가가 죽고 3세기가 지나서도 배우가 제 깜냥대로가 아니라 작가가 의도한 바에 따라 움직이는 것 외에는 다른 방도가 없도록 작품을 썼다. 마치 몸짓을 구술하듯 단어 하나하나가 행동 하나하나를 가리킨다.

"더는 나가지 말자, 멈춰 기다리자, 외논."

페드르는 몇 걸음도 채 나가지 않고 멈춰 선다. 지친 그녀는 거의 기진맥진한다. 매우 급작스럽게 멈춘 왕비 페드르는 한

쪽 손으로 유모 외논의 팔에 매달려 있는 형국이다.

　　내 몸 하나 더는 가누지 못하네, 힘이 몸 밖으로 빠져나갔어.
　　지긋지긋하고 짜증 나, 몸이 부서져 내리는 기분이야.
　　다시 바라보는 태양에 눈이 멀겠어.
　　눈을 위협하는 살인적 햇빛을 가리기 위해 손을 올려야지.
　　그런데 떨리는 다리에 힘이 빠져 주저앉고야 마는구나.

　비틀거리면서 그녀가 앉을 자리를 찾을 때 유모의 한 손은 필연적으로 의자를 향해 뻗고, 다른 한 손은 계속 그녀를 지탱하고 있다. 작품은 이러한 모든 세세한 부분을 정해 두고 있는 것이다.
　자리에 앉으며 내쉬는 페드르의 탄식은 쇠약의 표현으로 매우 피곤하여 앉거나 누울 때 내는 소리다.

　　장식과 옷자락만이 나를 공연히 짓누르는구나!
　　모든 매듭을 맺고야 마는 이 성가신 손,
　　정성스레 이마의 머리카락을 한쪽으로 모으네!

　어깨를 떠는 동안 옷깃을 스치는 손은 내치는 동작을 그린다. 이어서 다시 이마로 올린 손은 머리카락을 어깨로 넘기는 동작을 한 후, 기력을 다한 손을 아래로 떨군다. 쇠약한 목소리로 말할 때 그녀의 손은 질질 끌려다닐 뿐이다.

"모든 것이 나를 슬프게 하고, 나를 좇아 결국 나를 해하려 하는구나."

한참 뒤 외논이 페드르 앞에 엎드려 무릎을 부둥켜안고서 자신을 파멸로 이끌 비밀을 가르쳐 주기를 오랫동안 간청하자 페드르는 말한다.

"네가 알고자 하는구나, 일어나거라."

위 대목을 어떻게 처리하느냐가 연극에서 재미있는 부분이다. 대사는 대화를 단호하게 끝맺어 앞서 일어난 모든 것들과 그 이후에 올 것들을 구분 짓는다. 앞으로 드러날 비밀에 관중의 이목을 집중시키고, 여전히 앉아 있는 페드르의 눈앞에 조심스러우면서도 불안해 어쩔 줄 모르는 외논이 일어서 있는 모습을 그린다. 그런데 왜 외논은 일어서야 할까? 잠시 후 페드르 자신도 일어나기 때문이다. 중요한 대목에서 자유롭게 몸으로 표현하기 위해서다. "내 부덕은 아주 멀리서부터 비롯되었지……"로 시작할 대목을 준비하려면 서 있는 게 적합하다. 그렇지 않고서야 일어날 이유가 없으며 외논이 앉아 있다면 그 나름의 이유가 있을 것이다. 외논이 서 있는 이유는 마찬가지로 상대가 서 있을 때 더 가까이, 직접 허물없이 이야기할 수 있기 때문이다.

따라서 페드르가 일어나는 게 진실임 직하듯이, 외논을 일으켜 세우고자 라신이 페드르에게 명을 내리도록 하는 것 또한 마찬가지다. 나이 든 여인이 무릎을 꿇고 불편하고 쉽게 피곤해지는 자세로 몸을 기울이고 있으니 말이다.

그러나 페드르가 일어나야 하는 순간은 언제일까? 연극 대본에는 나와 있지 않다. 우리는 그녀가 "너는 끔찍함의 절정이 무엇인지 듣게 될 것이야."라는 대사를 할 때나, "네가 그 이름을 말하다니." 또는 "내 부덕은 아주 멀리서부터 비롯되었지."라고 말할 때 우리는 그녀가 일어나는 모습을 볼 수 있다.

첫 번째는 속내를 털어놓는 순간으로 이야기를 들을 사람이 서 있으니 본능적으로 자신도 일어서 가까이 가려는 것이 자연스럽다.

두 번째는 외논이 이폴리트의 이름을 부르는 특별한 순간으로, 그 이름이 페드르의 정신을 일깨운다. 그녀가 외논에게 매우 가까이 다가가 내밀한 이야기를 할 필요성을 느끼게 한다.

세 번째에서는 다름 아닌 "네가 그 이름을 말하다니."라는 대사 때문에 내밀한 이야기를 할 때다. 이 대사에 이어서 남은 속사정을 설명해야 한다. 아무리 부끄러운 이야기일지라도,

모든 부끄러움을 예견하고서라도 페드르는 자신의 심복에게 이야기하기 위해 일어나 다가선다.

나는 "······듣게 될 것이야."에서 페드르가 일어나리라 보지만, 내가 앞서 말한 세 경우 중 그 순간을 정하는 것은 독자 몫의 즐거움으로 남는다. 물론 그 외의 경우에는 조금도 동의할 수 없지만 말이다.

내가 이 같은 말을 한 까닭은 연극을 읽을 때의 이점을 강조하기 위해서일 뿐 다른 이유는 없다. 배우들의 움직임과 태도가 잘 드러나도록 하고 사건을 다시 구성하기 위해서다. 그 외에 다른 방식으로는 읽어서도 안 되며 사실 읽으려야 읽을 수도 없다.

나는 라신의 희곡 『아탈리』를 다음과 같이 시작한 연극을 본 적이 있다. 아브네는 왼쪽에서 조아드는 무대 오른쪽에서 등장한다. 조아드가 멀리 아브네를 알아보고는 "아, 당신이군! 여기서 보게 되다니 반갑네."라는 의미의 몸짓을 한다. 아브네는 그에 "그렇지요, 나는 하느님께서 아끼시는 사원에 왔답니다."라고 답한다.

의심할 여지없이 매우 극적이다. 대화를 시작한 두 인물을 보이려면 동시에 둘을 무대 뒤에서부터 나오게 해야 한다. 양측면에서 마치 팔짱을 끼는 것처럼 나오는데, 조금은 노골적이다. 이제 앞서 말했던 방법을 적용해 봐야겠다.

가능은 할 것이다. 그러나 책을 읽어서 이 같은 방식으로 정황을 표현하리라는 생각은 조금도 들지 않는다. "그렇지요."는 말에 대한 답이지, 몸짓에 답하는 것이 아니다. 아브네가 "그렇지요."라고 말하려면 조아드가 우선 말했어야 한다. 무대를 가로질러 아브네 앞으로 도달하는 조아드에게 우리가 "그렇지요."라고 답하기 위해서 그는 말하거나 이미 말했어야 한다. 단지 몸짓만으로 "그렇지요."를 끌어냈다면 조금 이상한 구석이 있다. 목소리가 들리지 않았다든지 놀라서 얼이 빠진 상태로 보이며, 그도 아니라면 말 자체를 하지 않았을 것이다. 하지만 전혀 그런 상황이 아니다. 대화는 분명 시작해 이어지고 있고, 바로 그러하기를 라신은 원했다. 그러므로 차라리 더욱 노골적으로 조아드와 아브네를 내보여야 한다. 무대 앞쪽에서부터 같이 올라오면서 이미 대화를 나누고 있는 방식으로 말이다.

마찬가지로 오레스트와 필라드•가 입장할 때, 오레스트는 "그렇지, 내가 다시 신뢰할 수 있는 좋은 친구를 찾았어."라고 말하는데, 여기에는 어떠한 여지도 없다. 그들은 입장하고, 그 외에 다른 건 없다.

•라신의 희곡 『앙드로마크』의 등장인물들. 호메로스의 『일리아스』에 나오는 노래에서 착안하여 작품을 썼다고 알려졌다.

반대로, 아가멤논이 아르카스*를 깨우고 "그래, 아가멤논일세. 자네의 왕이 자네를 깨우는 게야."라고 말할 때에는 분명히 장면을 어떻게 구상해야 하는지 살펴볼 구석이 있으며, 애초에 대화는 있지도 않았다. 아르카스는 잠들어 있고 아가멤논이 들어와 그의 팔을 건든다. 잠에서 깬 아르카스는 머리맡에서 아가멤논을 보고 놀라움을 금치 못하기에 아무런 말도 하지 못하는 게 자연스럽다. 그가 말하려 하지만 참을성 없는 아가멤논은 다음 장면에서 그 초조한 기색을 드러낸다. "그렇지, 날세. 자네에게 말할 게 있네." 이 말을 더욱 장엄하게 말한 것이다. 비극에서 원하는 어조가 그러하기 때문이다. 그러기에 나는 이 부분은 장면 구상을 위해 고민해야 한다고 생각했던 것이며 그 결과를 이렇게 볼 수 있다.

좌우지간 우선 보라. 보는 습관을 들이자. 본다는 것은 좋은 연극 작품과 그렇지 못한 작품, 살아 숨 쉬는 작품과 생명이 없는 작품을 판가름하는 기준이다. 전자는 볼 수 있고, 후자는 그럴 수 없다. 좋은 극작가가 작품을 봐 가면서 집필하듯이, 좋은 독자는 작품을 눈앞에 세워 두고서 읽어 내려간다.

그리고 예술 애호가들이 비밀로 간직하고 싶은 것으로 특정 예술에서 관건이 되는 부분이 있다. 바로 예술가 자신이 작품을 만드는 정신 상태에 도달하여 그 상태를 놓치지 않고 잘

●라신의 희곡 『이피제니』의 등장인물들. 위에 나온 『앙드로마크』, 『페드르』는 모두 그리스 신화를 소재로 한 작품.

유지하는 것이다. "나는 이 여인이 그렇게 아름다운지 모르겠어." 페이디아스●의 조각상 앞에서 어떤 아테네 사람이 말했다. "그건 네가 내 눈으로 보지 않아서 그래." 다른 사람이 답했다. "네가 이 작품의 작가라도 되는 건가?" "그럴 수만 있다면! 그러나 가끔 난 그렇다는 환상에 빠져들 때가 있어."

희곡을 읽으면서 얻는 더할 나위 없는 기쁨이 있다. 다른 어떤 작품보다 희곡을 읽을 때 크게 와 닿는 기쁨으로, 그것은 서로 다른 등장인물들 사이에서 다양한 문체를 관찰하는 즐거움이다. 소설가도 어느 정도는 그러하겠지만, 특히나 극작가는 여러 문체를 사용한다. 또한 여러 문체가 있어야만 서로 다른 인물들이 말할 수 있게 하며 사용하는 문체만큼이나 다양한 인물이 있게 된다. 만약 한 극작가에게 문체가 없다고 비판한다면 그는 어딘가 정신적인 차원의 답을 할 것이다. "기실 극작가라면 문체가 없어야 함을 모르는가?"

정신적 차원의 대답이 대부분 그러하듯 이 말도 문체에 간접적으로만 답할 뿐이다. 진정 극작가라면 하나의 문체를, 그리고 그 외에 다른 백 가지 문체를 지녀야 한다. 즉 저자는 자신의 문체가 있어야 한다. 등장인물이 말할 때나 그 인물의 역할이 어떻든 저자 자신이 드러나고, 다른 사람도 그 인물이 실지 저자임을 알아볼 수 있도록 말이다. 그래야 자기 자신의

●고대 그리스의 조각가로, 서양 고대 최초의 조각가로 알려졌다. 신상을 만드는 재주가 뛰어나 '신들의 상 제작자'로 이름을 높였다.

문체라 말할 수 있겠다. 동시에 백 가지 문체도 있어야 한다. 저자는 모든 문체에 책임이 있기보다는 문맥에 따라 그 문체의 상대적 진실을 책임질 따름이다. 각각에 어울리는 문체를 사용하여 부르주아, 서민, 농부, 하인, 후작, 사이비 신앙인 등 각기 다른 인물들이 입을 열도록 해야 한다.

언어 또한 변한다. 단순히 주어진 조건에 따라서만이 아니라 인물의 성격에 따라서도 변화한다. 구두쇠가 방탕한 사람처럼 말하지는 않으며 소심한 사람이 허풍선이처럼, 동 쥐앙이 겁쟁이처럼 여성 앞에서 말하지 않는다. 같은 이야기를 하지도 않을뿐더러 같은 화법을 구사하지도 않는다. 한 작가가 말했다. "오라녜 공작 빌럼 1세가 나를 껴안았어. 그 경우 어떤 문체로 말하게 할까? 간결한 문체로는 충분하지 않다. 그는 아무 말도 하지 말아야 한다. 오라녜 공작은 일반적으로 연극에 나올 법한 인물이 아니다." 인물 성격에 맞는 문체를 찾아내는 게 그 성격을 만들기보다 어렵다. 에두아르 파이유롱의 희곡 『모두가 권태로운 세상』에 나오는 벨락을 만들어 내기는 어렵지 않다. 벨락은 언제나 현실성을 띠며, 현실에서 충분히 감지할 수 있다. 문제는 무엇보다 벨락에게 맞는 문체를 찾는 작업으로, 이를 파이유롱은 감탄을 금치 못할 만큼 성공적으로 해냈다.

톨스토이는 셰익스피어가 매우 서툰 극작가라 지적하는데, 그것은 본인의 판단 기준에 기인한다. 연설조든 시적이든 운율이 있는 셰익스피어는 작중 인물에 하나의 문체만 사용하기에 문자 그대로의 좋은 극작가●는 되지 못한다는 결론이 도출된다. 독창적임에도 조금은 어딘가 부족해 보이는 이 기준은 어쨌거나 매우 정확하다. 여러 측면에서 극작가는 사람들의 창조자로 자신의 진가를 드러내기 때문이다. 개중에서도 특히 작중 인물들의 수만큼이나 다양한 문체를 만드는 것이 눈에 띈다.

그러나 셰익스피어를 향한 이 같은 비평은 상당히 정당하지 못한 면이 있다. 정확히 말해 셰익스피어는 팔스타프●●와 오셀로를, 이아고●●●와 햄릿을, 즐거운 아낙네들과 베아트리체●●●●를, 줄리엣과 그녀의 유모가 세상 그 누구보다도 다른 방식으로 이야기할 수 있도록 만들었기 때문이다.

마지막으로 위 비평에 대해서 덧붙일 게 남았다. 셰익스피어는 실제로 너무도 위대한 시인이었고, 특히 너무도 위대한

●여기서는 드라마 작가를 말하는데, 드라마는 고대 그리스어 δράμα(드라마)에서 유래한 말로 연극에서는 행동을 의미한다.
●●셰익스피어는 『헨리 4세』에 등장하는 팔스타프를 자신의 희곡 『윈저의 즐거운 아낙네들』에 등장시킨다. 이어 나오는 즐거운 아낙네들도 이 작품의 등장인물이다.
●●●『오셀로』에서 오셀로를 파멸에 이르게 하는 악당.
●●●●5막으로 이루어진 셰익스피어의 『헛소동』의 등장인물. 이탈리아 소설가 반델로의 『이야기』에서 모티브를 얻어 저술했다.

서정시인이었다. 그렇기에 자신의 주요 등장인물이 서로 구별이 되지 않게 말하도록 보이기엔 조금 무리가 있지 않았을까 싶다.

16세기 프랑스 비극을 보면 등장인물들이 모두 같은 방식으로 말한다는 것을 발견할 것이다. 그 결과가 바로 참혹하리만치 단조로운 어조다. 반면 코르네유는 이 문제에 매우 탁월하여 펠릭스, 스트라토니스, 폴리외크트 그리고 세베르●에게 분명히 구분되는 문체를 부여했다. 라신은 또 어떠한가? 매우 뛰어난 안목이 필요하겠지만 그는 미묘한 차이를 드러내는 언어의 농담을 매우 감각적으로 다룬다. 그는 네롱●●의 언어를 나르시스나 아그리핀의 언어와 매우 잘 구분할 줄 안다.

그러나 이 부류의 대가, 비교 자체가 불가능한 대가는 따로 있다. 내 능력이 부족하여 모든 작가를 말할 수는 없지만, 모든 프랑스 작가 중에 꼽으라 한다면 단연코 몰리에르다. 그는 대화의 처음 시작순간부터 인물들의 성격을 문체로 표현할 줄 알며 비슷한 인물들의 미묘한 차이를 언어의 농담으로 내보인다. 예를 들어 필라맹트, 아르망드, 벨리즈●●●의 차이를, 그리고 내 생각으로는 카토스 양과 마델롱 양●●●●도 구

●모두 코르네유의 작품『폴리외크트』(1641)의 등장인물.
●●라신의 희곡『브리타니쿠스』의 등장인물.
●●●셋 모두『잘난 체하는 아가씨들』의 등장인물.
●●●●둘 다『우스꽝스러운 재녀들』에서 고르지뷔스의 말로 나온다.

분 짓는다. 그는 각각의 문체를 사용하여, 심지어 한 인물일 경우에도 서로 다른 나이를 보여 준다. 실제로 연극이 단 하루 24시간 안에서 이루어져야 한다는 법칙 때문에 복장은 달라지지 않았지만, 그때에도 우리는 동 쥐앙의 나이가 첫째 막과 다섯째 막에서 다름을 알 수 있다. 마찬가지로 작가는 연극의 시작과 끝에서 등장인물의 성격마저 다르게 나타낼 수 있다. 따라서 문체를 잘 살펴보라. 그러면 인물들의 성격이나 나이가 다른 것을 볼 수 있다. 다름 아닌 문체 자체가 읽는 사람에게 이런 차이에 대해 경각심을 심어 줄 것이다.

마찬가지로 극작가는 하나의 작중 인물일지라도, 그 안의 서로 다른 성격의 미세한 차이에 따라 자연스레 작가 자신의 문체를 변주한다. 우리는 오르공에 대해 꽤나 잘 알고 있다. 매우 매력적인 인물인 그는 타르튀프 쪽으로 돌아섰을 때와 자기 가족을 향할 때에 서로 다른 두 가지 성격을 지닌다. 집에서는 권위적이고, '초라한 남자' 앞에서는 극도로 고분고분하다. 문체의 차이로 이 서로 다른 양극의 성격을 드러낸다. 오르공이 자기 딸에게 말할 때는 아래와 같이 날이 서 있으면서도 빈정거리는 문체다.

아! 이것이 우리 시대의 신실한 처녀라니,

아비가 그네들의 너울대는 사랑의 불꽃과 싸우는구나.
일어나거라! 너희가 거부하려 들수록
더욱 받아들여 마땅할 일일지니라.
이 결혼으로 너희 판단에 그릇됨을 깨닫고
더는 내 머리를 뒤흔들지 마라.

그리고 타르튀프의 추종자인 오르공은 타르튀프가 앞에 없더라도 그에게서 배운 가르침을 되풀이한다. 뱀처럼 배배 꼬이고 뒤틀린 문체를 보라. 오르공의 문체 안에서 타르튀프가 거동하는 것이 보인다.

그것은 양심적인 문제가 발단이 되었지.
비밀을 털어놓으려 곧장 배신자에게 갔고
그가 펼치는 논리에 나는 설득당하여
상자를 간직하라고 넘길 뻔하였지.
계속되는 심문을 물리치기 위해서
나는 구미에 딱 맞는 구실을 찾았지.
그로써 내 양심에 조금의 거리낌도 없이
진실과는 전혀 다른 맹세를 하도록 말이야.

작품 안에서 엘미르도 마찬가지다. 그녀는 3막 3장에서 매우 간략하고 노골적이며 솔직한 문체로 드러난다. 그녀는 교태를 부리지도 않을뿐더러 그렇게 생각하는 사람도 없지만, 그녀가 구사하는 문체가 바뀐다. "부인, 당신은 전과 달리 말씀하시는군요."라고 타르튀프는 말한다. 문체가 바뀐다는 말은 그녀가 전혀 다른 언어를 구사한다는 의미도 있지만, 문법적 의미에서 그녀가 다른 성격을 빌려 왔다는 말이기도 하다. 지나치게 기교를 부리는 문체, 교태를 부리는 여인이거나 전혀 그렇지도 않으면서 억지로 그렇게 보이려는 여인의 문체. 그 문체가 그녀의 입술을 빌려 나타날 때, 이러한 성격의 변화는 곧장 드러나기 마련이다. 그러므로 욕심에 눈이 멀지 않은 사람이라면 경각심을 갖게 될 것이다.

저도 이제 막 올린 우리의 결혼을
당신이 거부하시길 원했습니다.
왜 이런 간청을 당신께 드려야만 하는지요,
당신에게서 우리가 무엇을 얻고자 하는지요.
풀어야 할 매듭이 우리에게 주는 이 권태가,
우리가 그토록 원하는 마음을 잠식하겠지요.

진정 극작가라면 자기 자신에게만 속한 문체를 사용해서는 안 된다. 그러한 문체는 작가가 예술을 완전히 제 것으로 했을 때에만, 그러니까 자신에게 유독 공감을 자아내거나 자신을 대표하는 인물을 통해서만 드러내야 한다. 그런 의미로 코르네유의, 라신의, 몰리에르의 문체가 있는 것이다.

코르네유의 문체는 동 디에그, 로드리그, 오라스의 문체다.

라신의 문체는 여주인공들의 문체다. 그에게서 남자 배우들의 문체는, 그들이 지적이든 아니든 더 긴장되고 의도적이다. 더 인공적이라고 말해도 될지는 모르겠지만 더 많이 공을 들인 티가 난다.

몰리에르의 문체는 이치를 따지거나 빈정거리는 사람들의 문체다. 클레앙트나 앙리에트의 문체가 이에 속하며, 완전히는 아닐지라도 크리살•의 문체도 여기에 맞닿아 있다. 그들을 가늠하는 곳이 바로 몰리에르를 찾을 수 있는 장소다. 면밀하게 검색해 나가면서 우리는 그의 개인적 문체와 그에게는 낯선, 인물들을 묘사하고 그들로 하여금 사용하려고 만든 문체의 차이를 짚어 낼 수 있을 것이다.

위와 같은 연구는 실로 매우 유익한 것으로, 책을 읽을 때 조금이나마 더 엄중하게 짚어 갈 수 있다. 이 또한 연극 작품을 읽을 이유가 되리라. 공연에서보다 더 높게 혹은 더 낮게

•클레앙트는 위에서 언급한 『구두쇠』의, 나머지 둘은 『잘난 체하는 아가씨들』의 등장인물.

우리는 독서를 통해 그 가치를 매길 수 있다. 물론 그렇다고 독서가 최후의 심판대라는 말은 아니다. 거기에 대해서는 얼마든지 반박이 있을 테고 나 역시 아무런 확언도 할 수 없다. 다만 나는 연극을 접하는 두 가지 방식이 있음을 말하려 하는 것이다. 그중 하나가 독서로, 우리는 책을 읽으며 공연을 보는 만큼이나 기쁨을 느낄 수 있다.

극작가를 읽을 때의 또 다른 즐거움은 바로 사상적 측면에서 무엇이 작가의 것이고 무엇이 등장인물들의 것인지를 가리는 일이다. 이러한 탐구는 깊은 몰입과 열정이 필요하며, 그 때에도 우리는 거의 근접할 수 있을 뿐 결코 완전에 다다르지 못함을 감지한다. 결코, 저자는 작중 인물 중 누구에게라도 온전한 책임이 없다. 결코, 저자가 주인공 중 누구를 묘사하더라도 그가 완전히 저자 자신이 될 수는 없다. 결코, 작중 인물 중 하나의 입을 빌려 말하는 것이 완전히 저자 자신이 될 수도 없다. 그러므로 크리살이나 고르지뷔스가, 특히 착각하기 쉬워 더욱 염려되지만 『타르튀프』에 나오는 클레앙트가 몰리에르 자신이라고 말해서는 안 된다. 『잘난 체하는 아가씨들』의 클리탕드르도 가장 진실에 가까이 다가섰다고 생각하지만 작가 자신은 아닌 것이다. 그러나 우리에게는 이를테면 일종의 근사법近似法이 있다. 예를 들어 우스꽝스러운 인물을 놀려 대기 일쑤인 인물은 근사하게나마 저자를 나타내기에, 『타르튀프』에 나오는 도린의 말이 몰리에르의 생각이 아님에는 의심할 여지가 많이 남아 있지 않다. 그리고 문제극●에서 '이치를 따지는' 인물, 논고를 펼치는 인물, 보편적인 사상을 표방하고 상대에게 대꾸할 여지를 조금도 남기지 않는 인물, 그런 인물이 저자의 사상을 표현하는 데 매우 가깝게 가 있다고 여길 수 있겠다. 일례로 『드니즈』에 나오는 투브냉이 뒤마 피스●● 자신임은 명확하다. 몰리에르의 다음 논법을 눈여겨보자.

"우리 존경하는 처남, 이제 말이 모두 끝나셨소?" "예." "내 당신의 하인이 되리다."●●●

그리고 오르공은 떠난다. 이것이 의미하는 바는 다음과 같다. "클레앙트가 맞았어, 그가 이치를 잘 따졌을 뿐만 아니라 오르공은 반박할 말 한마디도 찾지 못했어. 그렇게 오르공은 자신의 정념을 따를 뿐이고, 마찬가지로 클레앙트도 자신의 판단만을 따르지." 몰리에르는 이와 같은 논법을 상당히 자주 사용하는데, 이것은 관객과 독자에게 경고하기 위함이다. 아르놀프●●●●는 말한다.

● 논쟁을 담고 있는 연극 형식으로 19세기 현실주의 문학사조에 영향을 끼쳤다.

●● 프랑스 대문호 알렉상드르 뒤마의 아들. 아버지와 마찬가지로 유명세를 떨쳤다.

●●● 『타르튀프』에서 오르공이 처남 클레앙트와 주고받는 대화.

●●●● 『아내들의 학교』의 등장인물.

성신강림 축일까지 설교와 장광설을 늘어놔 보시지요.

그 끝에 이르러 당신은 대경실색을 금치 못하실 게요.

나를 조금도 설득하지 못하였음에 말이지요.

— 더는 아무 말도 않겠어요.

이는 『아내들의 학교 비판』●에서 더욱 장황하게 나타난다. "입을 다무는 게 좋을 거야. …… 네 말을 듣기 싫은 정도가 아니야. …… 라라라, 랄라라라." 어찌 되었든 B가 말이 궁색해지는 모습을 보이면서 작가는 반대로 이야기를 하는 A가 작가 자신임을 선언하고 주장하는 것이다.

그와 같은 이유로 당시 몰리에르가 동 쥐앙의 무신론에 근거를 제시했다고 비난받았던 것이다. 왜 그랬을까? 신의 섭리를 일컫는 사람들을 머저리로 취급해 댔기 때문이다. 특히, 시시콜콜 따져 대던 스가나렐이 넘어졌을 때 동 쥐앙은 다음과 같이 말한다. "그렇게 따지더니 큰코다치는구나." 이런 모습은 분명 몰리에르에게 호의적이지 않을 것이다.

또한 작가는 '남편들의 가장 혐오스러운 자기만족'을 찬양하고 정당화한 데다 권고하기까지 한다며 비난받았다. 왜냐하면 『아내들의 학교』에서 이성적 인물, 즉 남편이 어느 순간

●몰리에르의 연극 작품으로, 작품 안 등장인물들이 『아내들의 학교』에 대하여 이야기한다. 위 대목은 후작과 도랑트의 대화로, 후작은 도랑트의 말을 무시하려고 노래마저 부른다.

부터 아르놀프에게 배신당해서 얻는 기쁨을 자랑하기 때문이다. 1막에서 우리는 크리살드가 실지 이성적 사람임을, 이성적인 것만을 말하는 사람임을 파악하지 못했으며 파악하기를 원하지도 않았다. 그러나 4막에서 그는 빈정거리기 좋아하는 부르주아로, 아르놀프가 화가 치밀어 분을 머금지 못하게 약을 올린다. 그는 아르놀프를 자극하려고 그 앞에서 자신의 독창적 역설을 고수한다. 자신의 견해를 변호하려 했다면 이 점에서 몰리에르는 약간 실수했음이 틀림없다. 그러나 그 실수는 본인보다도, 이성적 인간이 어느 순간 정신적 인간으로 변해 삶을 즐길 수 있음을 알지 못하는 사람들에게 더욱 치명적이다. 요컨대 상황에 따른 몇몇 예외를 제외한다면, 우리는 대화 속에서 작가가 '치밀하지 못한 논거'를 부여한 인물에게 갖는 생각과 작가 자신을 분간해 낼 수 있을 것이다. 궤변론자 식으로 말하자면, 특히 누구에게 작가는 논거를 제공했고, 그 논거가 무엇이기에 대응하지도, 대응할 수도 없었는지를 보라. 그것은 바로 낙인과도 같다. 왜냐하면 모든 논거에 우리는 그에 반하는 또 다른 논거를 내세울 수 있기 때문이다.● 따라서 작가는 폴이 반박할 수 있었음에도 그가 침묵을 지키게 하였으며, 그 침묵이 피에르가 옳았음을 드러내 주기를 바랐다.

마지막으로 우리는 극작가로부터 인물의 생각을 알아차릴

●피론 유파에 속하는 그리스 회의론자 섹스투스 엠피리쿠스는 "모든 논거에는 그와 반대되는 논거를 제시할 수 있다."라고 말했다.

수 있는데, 특히 그 인물이 힘주어 강조하여 말할 때 구분할 수 있으며 그것은 더할 나위 없이 명백하다. 그 누구도 쉬레나의 화법을 의심하거나 그녀의 화법에 코르네유가 동조한다 생각하지 않으며, 쉬레나가 코르네유의 생각을 대중 앞에 내보인다고 여기지도 않는다. 그 누구도 동 디에그나 오라스 영감이 코르네유의 심정을 대변할까 의심하지 않는다.

더욱 복잡한 예도 있다. 실제로 폴리외크트와 폴린 그리고 세베르는 극 중에서 모두 강조되고 있다. 그럴 수도 있는 게 한 저자에게는 실제로 열광이나 사랑, 이성 등 여러 다양한 진실이 공존할 수 있음을 알아야 한다. 그리고 그러하기에 여러 인물은 진실의 품 안에서도 토론과 논쟁을 거듭하고 서로 매섭게 질타를 가할 수 있다. 코르네유는 이성적으로는 세베르와, 심정적으로는 폴린과, 그리고 믿음에서는 폴리외크트와 함께한다. 작가의 탁월한 면모는 작품 전체에 널리 퍼져 있으며, 여담이지만 이는 그토록 경탄해 마지않게 되는 작품인 이유 중 하나이기도 하다.

그러나 한 가지 유념하도록 하자. 극작가가 한 작품 안에 자신에게서 나온 무언가를 집어넣었을 때 그것은 다름 아닌 강조로 드러난다는 점이다. 여기서 관건은 바로 작가의 자질로, 자기 자신을 전혀 다른 인물로 변형시키고 그들 안에서 살게 하는 데 달려 있다. 그리고 객관적이지 못한 작가는 아무짝에도 쓸모가 없으며 객관적이면서도 주관성이 남아 있어야 한다. 강조는 그 주관성을 알아볼 수 있도록 기능한다.

작중 인물이 시적으로 고양되어 심취해 있을 때에는 그것이 저자의 말이라고 너무 생각지는 말자. 시는 온전히 개인적인 문학이 아니다. 그러나 시 안에는 언제나 개인적인 문학이 담겨 있다.

성찰의 즐거움, 우리가 극작가를 읽으며 얻는 이 활력 넘치는 즐거움은 작가 자신이 작품에 무엇을 담으려 했는지를 알아보는 데 있다. 우리는 또한 이러한 탐구가 매우 어려울뿐더러 착각에 빠질 위험이 곳곳에 도사리고 있음을 안다. 그러나 즐거움을 위해서라면 위험마저도 탐구를 이어 나갈 이유 중 하나일 뿐이다. 특히 내가 쓰고 있는 이 작은 책은 그 즐거움을 문제로 삼고 있다. 착각할 수 있다는 위험이 바르게 보고자 하는 욕망의 날을 날카롭게 세워 주며 거의 올바른 방향으로 나아갔다는 기쁨을 선사한다. 그리고 더욱 광활하다고 말할 수는 없다 치더라도, 더욱 첨예한 즐거움이 있다. 틀림없이 타당함에 근접했다는, 그것을 전적으로 확신할 수 있다는 즐거움이다.

5

시인 읽기

엄밀한 의미에서 시인이란 서사시인, 애가시인, 서정시인을 말한다. 이들을 읽는 방식은 웅변의 달인이거나, 산문이라도 운율 때문에 음악이 되는 부류의 산문시인과는 어느 정도 차이를 두어야 한다. 처음에는 매우 낮게 읽고 그다음에는 소리 높여 읽어야 한다. 시인의 생각을 헤아리기 위해서는 소리를 낮춰 읽어야 하는데, 대개 소리 높여 읽으면 본인의 습관 때문에 본래의 반도 잘 헤아리지 못한다. 그 후에 소리를 높여 읽는 까닭은 귀로 듣고 운율과 음성적 균형이 무엇인지 이해하기 위한 것이며, 이때 의미는 이미 파악한 상태이므로 우리 정신은 그것을 놓치는 법이 없다.

크게 소리 내 읽거나 어느 정도 목소리 높여 읽는 것은 낭독이 아니라 귀로 듣고 이해하려는 목적이기에 다음과 같은 방법을 따라야 한다. 우선 구두점에 주의하여 시를 읽어야 한다. 숨죽여 읽을 때 놓치기 쉬운 마침표나 쉼표 그리고 세미콜론● 등에 유의해야 한다. 이 가르침은 기본 중의 기본으로 매우 중요하다 말할 수 있지만, 매우 중요함에도 불구하고 거의 지켜지지 않고 있다. 구두점은 시의 운율이나 의미보다 경시해서 될 것이 아니며 잘못된 구두점은 작가들, 특히나 시인들을 절망에 빠트린다. 이 점에 관한 전형적인 예를 뮈세가 쓴 『카르모진』●●에서 찾을 수 있다.

바로 그때부터였지, 앞을 내다보던 정복자가,
사랑에 빠졌네, 사랑이여, 네가 나를 지배하는구나,
한순간만이라도, 내 불안한 생각의 편린들을
그에게 내보일 용기를 나는 얻을 수 없었지,
내가 얼마나 짓눌려 있는지 알 수 있었지,
이렇게 죽어 가면서 나 죽음을 겁내고 있네.

● 콜론이나 세미콜론 등은 실지 프랑스어에서 마침표나 쉼표만큼이나 중요한 것으로, 문장의 의미를, 아니 의미의 뉘앙스를 변화시킨다. 영어나 기타 유럽어 텍스트를 읽을 때에도 이들을 쉽게 넘기면 텍스트 전체를 오독할 가능성이 크다. 그러나 한국어에서는 사용하지 않기에 콜론과 세미콜론을 접속사나 다른 문장부호로 대치하였지만, 이 장에서는 문장부호를 가능한 한 원문과 일치하도록 번역하고 원문을 함께 소개했다.
●● 3막으로 구성된 뮈세의 희곡 작품. 인용된 부분은 2막 7장에서 미뉘키오가 읽는 연애시의 일부다. 시적 형식을 특징짓던 음절의 통일이 파괴된 현대시 이전의 시로 각 행은 본디 8음절로 이루어져 있다.

Depuis le jour où le voyant vainqueur,

D'être amoureuse, amour, tu m'a forcée,

Fût-ce un instant, je n'ai pas eu le cœur

De lui montrer ma craintive pensée,

Dont je me sens à tel point oppressée,

Mourant ainsi, que la mort me fait peur.

그러나 활자는 매우 자연스럽다는 듯 다음과 같이 인쇄되었다.

그에게 내보일 용기를 나는 얻을 수 없었지,
내가 얼마나 짓눌려 있는지 알 수 있었지.
이렇게 죽어 가면서 나 죽음을 겁내고 있네!

서한집을 보면 뮈세는 이 사실을 밝히며 비애에 잠긴다. 여기에는 무언가가 있다. 바로 교정자가 한 가지 실수를 저질렀다. "내가 얼마나 짓눌려 있는지 알 수 있었지."는 왜 그런지도 밝혀지지 않고 공기 중에 붕 떠 있게 되었다. 더욱이 작가에게 일어난 이 실수는 운율적 측면에서 볼 때 더욱 심각하다. 왜냐하면 이 시구는 여섯 절이 하나의 부를 이루고 있어 두 절씩 짝을 맞춰 리듬의 보편적인 법칙에 잘 들어맞기 때문이다. 첫 2행 다음에 크게 한번 쉬고, 그리 크게는 아니더라도 두 번째 2행 다음에도 쉬어 가야 한다.

바로 그때부터였지, 앞을 내다보던 정복자가,
사랑에 빠졌네, 사랑이여, 네가 나를 지배하는구나, ‖
한순간만이라도, 내 불안한 생각의 편린들을
그에게 내보일 용기를 나는 얻을 수 없었지, ǀ
내가 얼마나 짓눌려 있는지 알 수 있었지,
이렇게 죽어 가면서 나 죽음을 겁내고 있네.

반면 인쇄된 활자처럼 구두점을 지키면 통사적으로는 문제가 없겠으나, 내가 표시한 것처럼 우리는 첫 2행 다음에 단숨에 3행을 뽑고 마지막으로 1행만 남아 고립된다. 2행, 3행, 1행으로 리듬이 완전히 깨져 버렸다.

바로 그때부터였지, 앞을 내다보던 정복자가,
사랑에 빠졌네, 사랑이여, 나를 지배하는구나, ǀ
한순간만이라도, 내 불안한 생각의 편린들을
그에게 내보일 용기를 나는 얻을 수 없었지,

내가 얼마나 짓눌려 있는지 알 수 있었지.│

이렇게 죽어 가면서 나 죽음을 겁내고 있네!

그렇다. 리듬은 모두 파괴되어 우리는 불협화음이나 맥박이 뛰지 않는 리듬의 부재 상태에 직면하게 된다. 물론 시인 스스로 그것을 허용하였거나 특별한 효과를 창출해 내고자 가끔 그런 상태를 자처하기도 하는데, 여기에서 그러한 의도는 찾아보려야 볼 수가 없다.

따라서 우리는 구두점이 잘 찍힌 판본으로 시를 읽어야 하며, 구두점을 꼼꼼히 살펴야만 한다.

다음으로 우리는 운율과 소리의 균형이라는 요소에 주의를 기울여야 한다. 운율이 맞는다는 말은 특정 길이의 잘 만든 문장에서 각각의 부분들이 정확히 균형을 이루고, 한 사람의 몸에 사지가 적절한 비율로 잘 붙어 있는 것같이, 귀와 눈을 만족하게 하는 상태를 일컫는다. 뛰어난 운율의 문장이란 맵시 있게 걷는 여인과도 같다.

균형감이 있다는 말은 한 문장이 보통 이상으로, 단어가 울려 퍼지거나 잦아들면서, 리듬이 생명을 얻거나 사그라지면서, 그 외 모든 인공적이거나 자연적인 종류의 것들이 단어의 배치나 문장의 구성에 따라 어우러지는 것이다. 그리하여 하나의 감정을 자아내고 소리로 생각을 그리며 그 생각을 우리의 감성에 깊게 뒤섞는다.

다음은 가능한 한 운율에만 집중해 쓴 문장이다. 어떠한 꾸밈도 언어적 조탁도 없는 문장의 전형이 무엇인지 보여 준다.[●]

"여러분은 여기 단 한 사람의 삶 속에서 우리 인간사의 모든 면모를 볼 것인데, | 그것은 모진 고통만큼이나 무한한 행복으로, | 우주에서 가장 고결한 영광중 하나인 기쁨은 오래도록 평온하고, | 단 한 사람의 머리에 축적된 가장 명예로운 탄생과 거룩함에서 비롯될 모든 것들이 있어 보이겠으나, | 그 사람의 머리는 결국에 모든 부가 사그라진 곳으로 놓이고야 말았습니다 ; | 우선 성공에는 그 이유가 있기 마련이고 | 그리고, 그때부터, 전대미문의 변화가, 느닷없이 찾아오는데, | 오랜 시간 저지하였던 반란이, 결국에는 순리를 따르게 되어, | 그 방종에 제동을 걸 수 없습니다 ; 법은 폐지됩니다 ; 정체도 모를 음해 세력이 존엄을 손상하며, | 횡령과 폭정이 자유라는 이름 아래서 자행되는 등, | 도망치는 왕비는 그의 세 왕국 중 어느 곳에서도 피난처를 찾지 못하고 | 그녀의 조국은 슬픈 유배지일 따름이며, | 폭풍우가 휘몰아쳐도 공주는

●자크 베니뉴 보쉬에가 잉글랜드의 왕 찰스 1세의 비 헨리에타 마리아의 장례 미사에 올린 기도문 일부다. 장례 미사 기도문은 고대부터 시작되었으며, 16세기 앙리 4세의 죽음을 기점으로 하나의 문학 장르로 취급되었다. 보쉬에가 글을 쓴 17세기에 이르러 기도문은 애도, 사자의 찬양, 신의 백성으로의 삶, 결말 네 부분으로 구성된다.

바다를 건너 아홉 번의 여행을 거행하고, | 바다는 수없이 뒤엎어져 놀라우리만치 수많은 이유로 수없이 모습을 바꾸길 반복하다가, | 부당하게 전복을 거듭한 왕위는 기적적으로 제 권위를 되찾습니다."

« Vous verrez dans une seule vie toutes les extrémités des choses humaines, | la félicité sans bornes aussi bien que les misères, | une longue et paisible jouissance d'une des plus nobles couronnes de l'Univers, | tout ce que peuvent donner de plus glorieux la naissance et la grandeur accumulée sur une seule tête, | qui ensuite est exposée à tous les outrages de la fortune ; | la bonne cause d'abord suivie de bon succès | et, depuis, des retours soudains, des changements inouïs, | la rébellion longtemps retenue, à la fin tout à fait maîtresse, | nul frein à la licence ; les lois abolies ; la majesté violée par des attentats jusqu'alors inconnus, | l'usurpation et la tyrannie sous le nom de liberté, | une reine fugitive qui ne trouve aucune retraite dans trois royaumes | et à qui sa propre patrie n'est plus qu'un triste lieu d'exil, | neuf voyages sur mer entrepris par une princesse malgré les tempêtes, | l'océan étonné de se voir traversé tant de fois en des appareils si divers et pour des causes si

différentes, | un trône indignement renversé et miraculeusement
rétabli. »

이 기도문은 균등하지 않은 길이의 문장들로 구성되어 있
지만, 그렇다고 아주 다르지는 않다. 각 문장은 스무 음절이나
서른 음절 안팎으로 사람이 숨을 내쉬는 리듬에 따라 구성되
었기에 격식에 들어맞게 규제된 상태가 아니다. 각각의 문장
은 서로 잘 받쳐 줄 수 있어 이어지면서도 리듬에 맞춰 다양하
고, 그 와중에 리듬이 단조롭지 않아 듣는 이의 귀를 만족시
킨다.

더 짧은 문장에서도 비슷한 효과를 찾아볼 수 있다.

"하늘의 유일한 지배자로 모든 왕국 다스리시며, | 모든 영
광, 존엄함 지니시고, 진정 홀로 서 있으신 그분은, | 왕에게
법을 내릴 영광 오직 그에게만 함께하며 | 왕을 어여삐 여겨
매서운 가르침을 내리십니다. | 왕위를 잇게 하시건, 그로부
터 왕관을 물리시건, | 권능을 내리시건, 권능을 앗아가 무력
함만을 남기시건, | 언제나 존엄한 방법으로 과업을 일러 주
십니다. | 권능을 주시어, 제 뜻대로 선을 행하도록 명하시고,
| 권능을 거두어 그 주인이 누구인지 알게 하시며 | 다시 왕
위에 앉게 하시어 보게 함으로써 | 거룩함이 그분의 손안에

있음을 알게 하십니다."

« Celui qui règne dans les Cieux et de qui relèvent tous les empires, | à qui seul appartient la gloire, la majesté et l'indépendance, | est aussi le seul qui se glorifie de faire la loi aux rois | et de leur donner quand il lui plaît de grandes et terribles leçons. | Soit qu'il élève les trônes, soit qu'il les abaisse, | soit qu'il communique sa puissance aux princes, soit qu'il la retire à lui-même et ne leur laisse que leur propre faiblesse, | il leur apprend leurs devoirs d'une manière souveraine et digne de lui. | Car en leur donnant sa puissance, il leur commande d'en user comme il fait lui-même pour le bien du monde, | et il leur fait voir en la retirant que toute leur majesté est empruntée | et que pour être assis sur le trône | ils n'en sont pas moins sous sa main et sous son autorité suprême. »

거의 항상 열일곱, 열여덟, 열아홉, 스무 음절로 문장의 길이가 고르다. 이전 문장보다도 더욱 고르면서 짧아 그 리듬이 확연하게 드러난다. 무엇보다도 운율이 잘 들어맞는다.
음성적으로 균형 있는 문장이란 대상이 자연이라는 음악이든 풍경이든, 어떤 행동이든 감정이든 혹은 생각이든 간에 소리로 그리는 문장을 말한다. 앞의 기도문에서도 운율만 있는 게 아니라 어느 정도 문장에 균형이 잡혀 있음을 엿볼 수 있다. 문장에 균형이 있는지 알아보기 위해 우선 몇 번 음절의 장음과 단음을 살펴보기로 한다. 이러한 조절은 웅변가가 단순히 호흡을 고르려는 이유가 아니라 리듬을 타며 특정 단어를 강조하기 위한 것으로, 그것을 위해 그는 강조하려는 단어를 앞선 단어나 문장으로 고립시킨다. 직접 살펴보도록 하자.

우선 행복한 왕비를 그리려면 상당히 긴 각각의 문장들이 "그때부터……"가 나올 때까지 균형을 맞추고 있어야 한다. 그다음 도래하는 무질서를 그릴 때는 상대적으로 가파르고 어딘가에 부딪힌 듯한 리듬이 필요하다. "전대미문의 변화가, 느닷없이 찾아오는데, | 오랜 시간 저지하였던 반란이, 결국에는 순리를 따르게 되어, | 그 방종에 제동을 걸 수 없습니다 ; 법은 폐지됩니다 ;" 그리고 마지막으로 태풍이 지나간 후 소강상태를 묘사하기 위해 기도문은 매우 명료하고 정확한 리듬으로, 거의 작시법 규칙에 따른 것 같은 리듬에 맞춰 그 위엄을 드러낸다. "부당하게 전복을 거듭한 왕위는 기적적으로 제 권위를 되찾습니다."

그러나 여기서 균형은 조금만 그리고 간헐적으로만 운율에 맞춰 표출되는 정도로 유지되었다. 완전히 균형을 이루고 그로써 전체를 관장하는 부분●을 보자.

"언제나 한 마리 독수리라면, 하늘 가운데를 날 때나, 암석 위에 앉아 있을 때나, 찌르는 듯한 눈길로 사방을 살피며, | 이어서 확연히 포획물 위로 내리꽂기에 누구도 그의 발톱과 눈빛을 피할 수 없습니다; | 그 눈빛은 그토록 강렬했고, 그 공격은 그토록 빠르고 격렬했으며, 그토록 강하고 피할 수 없는, | 그것이 바로 콩데 공의 손놀림이었습니다."

« Comme un aigle qu'on voit toujours, soit qu'il vole au milieu des airs, soit qu'il se pose sur le haut de quelque rocher, porter de tous côtés ses regards perçants, | et tomber si sûrement sur sa proie qu'on ne peut éviter ses ongles non plus que ses yeux ; | aussi vifs étaient les regards, aussi vite et impétueuse était l'attaque, aussi fortes et inévitables, | étaient les mains du prince du Condé. »

호흡은 내가 끊어 놓은 것처럼 분배해야 할 것이다. 그리고 균형감을 갖기 위해선 하늘, 암석, 찌르는, 포획물, 공격, 피할 수 없는과 같은 대목을 모두 강조해서 읽어야 한다. 그렇게 우리는 단어가 세계를 그리는 법을 보게 된다. 즉 보편적인 리듬과

●이 글도 마찬가지로 보쉬에가 쓴 것으로, 프랑스 부르봉 왕조의 귀족 콩데 공의 장례 미사 기도문이다.

소리의 울림 그리고 침묵이 세계를 그린다.

보편적 리듬과 관련하여 위 기도문은 둘로 나뉜다. 전반부는 날개를 활짝 편 듯 열려 있어, 하늘로 날아올랐다가 포획물을 습격하는 독수리를 보여 준다. 후반부는 더욱 짧고 압축적이면서 더욱 압박하는 구성으로 단순히 빠르기보다는 벼락을 치는 듯한 느낌이고, 뒤이어 콩데 공의 이야기인 것이 드러나며 더욱 빠르고 더욱더 많은 벼락이 쏟아지는 듯한 인상을 준다.

소리의 울림을 살펴보면 암석이라는 단어는 단단하면서도 건조한 소리로 발음되며, 그러한 암석 위에서 독수리가 꺾인 듯 매달려 있는 게 그려진다. 눈빛과 관련하여 찌르는 듯한이라는 말은 콩데 공의 모습을 매우 강하게 표현하며, 특히 당대 사람에게 더욱 그러한 느낌을 주었을 것이다. 공격이라는 말은 매우 갑작스러우며 쩌렁쩌렁한 느낌이다. 피할 수 없다는 말은 장군이 적들을 덮어씌우는 큰 그물망이라도 던지는 것 같다.

마지막으로 침묵은 기도문의 전반부와 후반부 사이에, 피할 수 없는 다음에 자리한다.

이 모든 것이 음악으로 그림을 그리는 작업이며 균형을 표출하는 방식이다. 그 이상 아무런 말도 따로 덧붙일 필요가 없는데, 소리의 균형과 운율이 당연한 듯 함께 나아가기 때문이다. 균형은 운율을 해치지 않을뿐더러 되레 운율과 매우 밀접하게 연결되어 있다. 운율에 맞춰 피할 수 없는이라는 표현에서 소리도 멈추며, 또한 소리의 균형을 위해 강조해서 표현해야 한다.

샤토브리앙의 문장도 살펴보기로 하자.

"선원들은 그들이 타는 배에 흠뻑 빠져 있다 ; 배를 떠날 때 아쉬움에 눈물을 흘리고, 돌아와 애틋함에 눈물을 흘린다. 그들은 집 안에 머물러 있을 수 없다 ; 바다로 탐험을 떠나지 않겠다고 수백 번을 맹세했지만, 그렇게 지내기는 불가능했다 ; 그것은 마치 젊은 청년이 비바람이 몰아닥치는 듯 바람기 많은 정부를 두고 팔 하나 까닥 않는 것과 같다."

« Les matelots se passionnent pour leur navire ; ils pleurent de regret en le quittant, de tendresse en le retrouvant. Ils ne peuvent rester dans leur famille ; après avoir juré cent fois qu'ils ne s'exposeront plus à la mer, il leur est impossible de s'en passer ; comme un jeune homme ne se peut arracher des bras d'une maîtresse orageuse et infidèle. »

끝에 가서 보게 되는 놀라운 리듬의 효과는 전반부에서 리

듬을 타지 않는 문장이 나열되다가 후반부에 나오는 집약적이고 물 위를 떠다니는 듯한, 독특하면서도 매력적인 리듬과 대비되기 때문이다. "그것은 마치 젊은 청년이 | 비바람이 몰아닥치는 듯 | 바람기 많은 정부를 두고 | 팔 하나 까닥 않는 것과 같다."

다음은 언어학자 에른스트 르낭의 작품이다.

"파란 눈의 여신이여, 내가 태어난 곳은, 문명의 바깥으로, 덕을 알고 정숙한 킴메르인이었던 나의 겨레는 어두운 바다 가장자리에 살았는데, 그곳은 기암괴석이 비죽 솟아 있고, 비바람은 그치지 않고 몰아쳤소. 햇빛을 보기란 실로 어려웠기에 ; 우리에게 꽃이란 해변의 이끼고, 외딴 해만의 끝에서는 알록달록한 해초와 조개만 보일 뿐이었소. 그곳의 구름은 아무 색도 없이 떠다니고 기쁨에도 슬픔이 묻어 있소 ; 그러나 바위로부터 차가운 물이 솟아올라 분수를 이루었고 처녀들의 눈이 푸른 분수처럼 반짝이던 그곳은, 분수 깊숙이 풀들이 물결치고, 그 위로 하늘이 제 모습을 비춰 보고 있소."

« Je suis né, déesse aux yeux bleus, de parents barbares, chez les Cimmériens bons et vertueux qui habitent au bord d'une mer sombre, hérissée de rochers, toujours battue par les orages. On y connaît à peine le soleil ; les fleurs sont les mousses marines, les algues et les coquillages colorés qu'on trouve au fond des baies solitaires. Les nuages y paraissent sans couleur et la joie même y est un peu triste ; mais des fontaines d'eau froide y sortent des rochers et les yeux des jeunes filles y sont comme ces vertes fontaines où, sur des fonds d'herbes ondulées, se mire le ciel. »

잠시 묘사가 주는 놀라운 효과는 제쳐 두기로 한다. 리듬이 주는 효과에 집중해 보자. 대치되는 리듬을 보여 주지만 그 정도가 약해 대비 효과가 있다고 보기는 어리석을지도 모른다. 그러나 분명 "해변의 이끼, 외딴 해만의 끝, 구름은 아무런 색도 없이 떠다니고" 등에서 나타나는 슬픈 어조에 둔탁하고 숨을 끊는 소리와 "처녀들의 눈, 푸른 분수, 하늘이 제 모습을 비춰 보고 있소."처럼 깜짝 놀랄 만큼 거세지는 않더라도 더욱 명확하고 영롱한 소리가 대립을 이룬다. 또한 짧은 문장일수록 둔탁하며 그 첫 부분이 침울함을 내보이다가, 끝에 가서 문장은 경쾌하지는 않더라도 자유롭다. 구속에서 풀려난 문장은 그 앞의 문장과 은밀히 거리를 벌리는데, 거리를 두는 방식에서 미소 지으며 삶을 되찾고 위안을 얻음을 보여 준다. "처녀들의 눈이 푸른 분수처럼 (초록과 파랑으로) 반짝이던 그곳은, 분수 깊숙이 풀들이 물결치고, 그 위로 하늘이 제 모습을 비춰 보고 있소.”

소리 높여 읽으면 리듬이 스며들기에 글을 한 편의 음악처럼 써 내리는 작가가 지닌 의미를 온전하게 채워 넣게 된다. 리듬이란 본디 의미 자체로, 어떻게 보면 생각에 앞서는 것이다. (생각에는 세 단계가 있기 때문이다. 생각은 소리의 집합으로 모든 것을 포함한 총체적인 것이다. “나는 브르타뉴에서 태어났다.”를 보라. 리듬이 글쓴이의 정신 속에서 노래를 부르기에 리듬이 곧 감정 자체가 되며, 그 안에서 리듬은 자기 생각이 흘러야 함을 감지한다. 실지 리듬 안에서 생각은 여러 갈래가 되어 흐르며 그에 순응하고 존중하기에, 리듬을 흩트리지 않고 가득 채우고자 한다.) 그리고 리듬이란 그 자체가 작가 영혼의 움직임이므로, 작가의 영혼과 어떠한 중개도 거치지 않고 직접 소통할 수 있게 해 주는 더할 나위 없는 수단이다.

라퐁텐의 책을 꺼내 들어 아무 데나 펼쳐 보라. 지금 내가 그렇게 펼쳐 본 곳을 함께 소리 내 읽어 보자.●

　　모래 알갱이 가득하고 태양은 사방을 비춰

●이어서 저자는 라퐁텐의 「마차와 파리」를 분석한다. 거의 시 전체를 분석하므로 독자들을 위해 시 전문과 음절 단위로 방점을 찍어 원문을 소개한다.

오르기에 너무도 어려운 오르막길 위에서
여섯 마리 말이 마차를 끕니다.
여인네들과 승려, 늙은이들 모두 내렸건만
숨이 찬 말들은 땀이 나고 기진맥진합니다.
파리 부인 나오셔서 말들에게 다가갑니다.
윙윙거리며 말들을 북돋아 줄 생각입니다.
이쪽저쪽을 찔러 대며 파리 부인은 언제나
마차를 움직일 생각뿐입니다.
수레 채에도 마부의 코 위에도 앉아 봅니다.
마차가 길을 터 나가는 만큼
사람들도 앞으로 나아갑니다.
파리 부인은 이 영광을 자신에게 돌립니다.
이리저리 모두를 독려합니다. 그것은 마치
전장에서 하사가 모든 전장을 누벼 가면서,
병사를 내세워 승리를 서두르는 것 같네요.
지금 무리에서 오직 자기만이
행동한다며 홀로 한탄합니다. 자기만 돕고
누구도 말을 도와 난관을 타개하지 않네요.
신부는 성무일과서를 읽는군요.
아주 여유롭군요! 한 여자가 노래를 부르니

이들을 움직이려면 노래가 필요한가 봅니다.

파리 부인은 그들의 귀 앞에서 노래 부르고,

수백 번 바보짓을 반복합니다.

거룩한 노동 끝에 마차가 꼭대기에 올랐으니

한숨 돌리겠네요. 파리 부인은 말을 꺼냅니다.

내 덕에 결국 여러분이 평지까지 다다랐지요,

신사 숙녀, 그리고 말들이여. 대가를 치르세요.

마찬가지로 이렇게 남을 독려하는 사람들은

어디든지 가리지 않고 끼어서

어디든지 도움을 주려 합니다.

그러니 어디든지 귀찮은 것들을 내쫓아야지요.

Dans un chemin montant, sablonneux, malaisé,

Et de tous les côtés au soleil exposé,

Six forts chevaux tiraient un Coche.

Femmes, Moine, vieillards, tout était descendu.

L'attelage suait, soufflait, était rendu.

Une Mouche survient, et des chevaux s'approche ;

Prétend les animer par son bourdonnement ;

Pique l'un, pique l'autre, et pense à tout moment

Qu'elle fait aller la machine,

S'assied sur le timon, sur le nez du Cocher ;

Aussitôt que le char chemine,

Et qu'elle voit les gens marcher,

Elle s'en attribue uniquement la gloire ;

Va, vient, fait l'empressée ; il semble que ce soit

Un Sergent de bataille allant en chaque endroit

Faire avancer ses gens, et hâter la victoire.

La Mouche en ce commun besoin

Se plaint qu'elle agit seule, et qu'elle a tout le soin ;

Qu'aucun n'aide aux Chevaux à se tirer d'affaire.

Le Moine disait son Bréviaire ;

Il prenait bien son temps ! une femme chantait ;

C'était bien de chansons qu'alors il s'agissait !

Dame Mouche s'en va chanter à leurs oreilles,

Et fait cent sottises pareilles.

Après bien du travail le Coche arrive au haut.

Respirons maintenant, dit la Mouche aussitôt :

J'ai tant fait que nos gens sont enfin dans la plaine.

Ça, Messieurs les Chevaux, payez-moi de ma peine.

Ainsi certaines gens, faisant les empressés,
S'introduisent dans les affaires :
Ils font partout les nécessaires,
Et, partout importuns, devraient être chassés.

모래 알갱이 가득하고 태양은 사방을 비춰
오르기에 너무도 어려운 오르막길 위에서

묵음으로 처리되는 e가 없기에● 소리는 무겁고 둔탁하고
거칠며 꽉 차 있다. 그래서 무언가에 짓눌린 느낌을 준다.

여섯 마리 말이 마차를 끕니다.

마찬가지로 육중하고 거칠다. 더욱 거칠지만, 더욱 짧기에
더욱 가벼울 수 있다. 소리가 거칠지만 않았더라면 다르게 생
각할 수 있을 텐데, 그 끝까지 도달한 느낌은 아니다.

●프랑스어에서 다음절어 끝의 e는 소리 내지 않는다. 아니 정확히는 자연
스레 끝에서 소리를 죽이기 때문에 여운으로 남는다. 국립국어연구원 외
래어 표기법에 따르면 센 강, 셀린이라고 적지만 흔히 센느 강, 셀린느라고
발음하는 이유도 이 때문이다.

여인네들과 승려, 늙은이들 모두 내렸건만

더욱 가벼운 문장으로 짓눌림이 덜하다. 앞으로 걸어가거나 몸을 털어내는 사람들은 마차와 비교해 거의 경쾌해 보이기까지 한다. 그러나 목 매인 말은……

숨이 찬 말들은 땀이 나고 기진맥진합니다.

그래서 다시 소리의 반향은 둔탁해지고 시구는 꽉 차 비좁게 된다.

파리 부인 나오셔서 말들에게 다가갑니다.

매우 가볍고 신속하여 거의 춤추는 듯한 시구로, 경박하게 무대에 들어온다.

윙윙거리며 말들을 북돋아 줄 생각입니다.

생동감 넘치게 흐르지만 둔탁한 느낌의 인물. 쓰잘 데 하나 없는 노동이지만 열정적으로 정신을 집중하여 일한다. 파리

인 그녀는 매우 진지하게 일을 시작한다.

　　이쪽저쪽을 찔러 대며 파리 부인은 언제나
　　마차를 움직일 생각뿐입니다.

　다시 가벼워 매우 경쾌하다. 행렬의 수행원인 파리 부인의
난데없는 즐거움이 표현된다.

　　수레 채에도 마부의 코 위에도 앉아 봅니다.

　수행원은 잠시 등불 밑에서 휴식을 취한다. 숨을 크게 내쉬
고 얼굴을 닦는다. 그리고 다시 일을 시작한다. 이때 시구는
안정되고 평온하다. 한쪽이 움직임을 멈출 때 다른 한쪽이 시
작된다.

　　마차가 길을 터 나가는 만큼
　　사람들도 앞으로 나아갑니다.

　다시 모두 나아가기 시작하여 이곳에서 리듬이 바뀐다.

파리 부인은 이 영광을 자신에게 돌립니다.

넓고 넉넉한 느낌을 주는 시구로 아름다운 소리로 경축하듯 끝이 난다.

이리저리 모두를 독려합니다. 그것은 마치
전장에서 하사가 모든 전장을 누벼 가면서,
병사를 내세워 승리를 서두르는 것 같네요.

더욱 나아가 광활하고 모든 것을 감싸 안으며 순환하는 느낌이다. 우리는 여기서 모든 곳을 헤치면서 날아다니는 파리를 본다. 어디든 가리지 않고 자신의 존재를 알리는 쓸모없지만 오만한 작업이 불어난다.

분석은 이런 식으로 진행될 것이다. 스스로 관찰해 보거나 이와 유사하거나 상반된 다른 문장을 살펴보라. 그래서 가능한 한 온 힘을 기울여 음악처럼 쓰는 작가의 글을 골라 보자. 그리고 반대로 조금도 그렇지 못한 글을 골라 보자. 무엇 때문에? 바로 글에 음악성을 부여하지 못하는 작가와 비교하여 그것이 가능한 작가들의 진가를 맛보기 위함이다.

자크 드릴●을 살펴보라. 그는 한 극에 다다른 훌륭한 시인

───────────────

●18세기 프랑스의 시인이자 번역가.

이지만, 그의 작품을 소리 높여 읽기는 어렵다. 그 원인은 무엇일까? 그는 그리기, 즉 묘사에는 매우 능하지만 노래할 줄 모르기 때문이다. 그에게는 음악성이 부족하다. 그는 소리를 그릴 줄 모른다. 반면 그 점에서 뛰어나다 못해 웅변가이기까지 한 코르네유는 음악성이 있는 매우 보기 드문 사람이다. 그의 시구는 그 자체로 움직임과 경탄을 내포한다고 해서("풍성한 절망으로 빚은 감미로운 원천이여."●) 조화로움을 뿜어내지는 않는다. 그러나 모든 위대한 시인이 그렇듯, 그는 어느 순간 조화로움의 예술에 도달하여 말한다.

대지와 강 그리고 함대와 항구이어라
학살의 장은, 죽음이 승리하는 그곳은.●●

그리고 다른 작품에서 그는 다음처럼 말하기도 한다.

두려움 없이, 평온한 장인인 양 그는
이 끔찍한 씨앗을 고랑에다 뿌려 댄다.
거기서 무장을 갖춘 무리가 일어나며,
어느 곳이나 그의 손아귀에 들어 있다.
모두 원망하는데 그의 영혼은 자랑스러워

●코르네유의 연극 작품 『폴리외크트』에 나오는 대목.
130　　　　●●『르 시드』에서.

먼지로라도 갑옷을 지어 입으라 명한다.

그가 퍼트린 것이라고는 커다란 실수로,

서로가 서로에게 불같이 뿜을 분노뿐이다.

서로를 희생양으로 공통의 적에게 바치고

제 형제를 살해하는 적을 죽이고자 한다.

사방에서 피가 흐르고, 그 중심에서 자종은

마치 신이 된 것처럼 그 제물을 받는다. ●

　마찬가지로 조화롭다 못해 가락마저 띠는 라신의 글은 소리를 그리는 수준을 넘어, 매우 지적인 관찰과 천재성을 겸비하여 만든 운율로 듣는 이의 귀가 호사를 누리게 해 준다. 그럼에도 울려 퍼지는 소리의 반향이 주는 의미가 무엇인지 어렵지 않게 찾을 수 있게 한다. 이는 거룩함과 승리를, 또는 극심한 비탄의 감정을 안겨 준다.

　크레타 섬에서 범선들이 건너올 때

　미노스의 딸들은 마땅히 복종하고,

　(중략)

　크레타에 미노타우로스의 피가 들끓는다.

　(중략)

계속해서 이런 작업을 해 나간다면, 내가 시인의 본질을 왜곡시킨다고 말할지 모르겠다. 그리고 결국 시인에게서 음악만을 찾으려 하며, 음악이 없으면 그를 시인으로 보지도 않을 거라 말할 것이다. 그럼 나는 답하리라. 음악을 감지해 낼 수 있게 된다면, 우리는 전등을 끄듯 관현악단의 연주를 침묵하게 할 수 있으며, 그러면 소리 높여 읽기를 멈추고 다시 숨죽여 읽기 시작할 것이다. 사상을 이해하고 그에 스며들기 위해서는 먼저 숨죽여 읽어야 한다. 소리 내어 오랜 시간 낭독한 후에는 다시 내면의 독서로 돌아와, 자신 앞에 서서 생각할 수 있는 사람이 되어야 한다.

위대한 산문 작가도 그렇겠지만 시인은, 단번에 모든 아름다움을 선사하지 않을뿐더러 그가 줄 수 있는 즐거움을 모두 한 번에 주지도 못한다. 우리는 시인과 함께 천천히 음미해야 할 것이다. 화가를 대하는 것처럼 구성을, 소묘를, 색채를, 사람의 형체와 그 외관을, 물을, 하늘을 공부해야 한다. 총체적 인상은 이러한 모든 각각의 요소가 한데 어우러져 녹아났을 때야 비로소 드러날 것이다.

우리가, 아니 적어도 내가 산문 작가에게서는 맛보기 매우 어려운 즐거움이 있다. 시인에게서는 매우 쉽게 맛볼 수 있는 이러한 즐거움은 단순히 읽는 게 아니라 자신의 영혼 깊숙이 새겨진 기록을, 매우 애틋한 마음으로 애지중지하는 문구를 되뇌어 암송하는 일이다. 산책에서 나는 대부분 다음 작품들을 읊조린다. 코르네유의 시 「후작 부인에게 바치는 노래」, 라 퐁텐의 우화 「비둘기 두 마리」, 라신의 희곡 『에스테르』, 볼테르의 시 「샤틀레의 그녀」, 앙드레 셰니에의 시 「사로잡힌 그녀」, 알퐁드 드 라마르틴의 시 「호수」와 「포도밭과 집」, 빅토르 위고의 시 「올랭피오의 슬픔」, 알프레드 드 뮈세의 시 「기억」, 쉴리 프뤼돔의 시 「우윳빛 길」과 「임종」. 홀로 읊조리고 음미하면 무언가 주목할 만한 변화가 찾아온다. 읽을 때 박자를 달리 맞추게 되는 것이다. 왜 그러한지는 솔직히 잘 모르겠지만, 아마도 17세기 종이와 인쇄술의 사정상 열두 음절의 시구를 무의식적으로 반으로 끊어 읽었어야 하지 않았나 싶다. 나는 에스테르의 기도를 항상 다음과 같은 방식으로 읽는다.

　　나의 왕이시여,

　　저 이토록 떨면서, | 홀로 당신 앞에 서나니

　그러나 이 시구를 외워서 읊조릴 때에는 전혀 다른 방식으로 읽게 된다.

나의 왕이시여,

저 이토록 | 떨면서, 홀로 | 당신 앞에 서나니

박자는 언제나 상궤를 벗어남이 없이, 보편적 감각에 근거해야 한다.

쉼표가 눈에 콕 들어박혀도 읽을 때 끊는 방식이나 그 경향은 조금 다르다.

언제나 처벌을, 언제나 | 전율로 네 계획을●

그러나 읊조리면서 나는 항상 다음과 같이 끊어 읽는다.

언제나 처벌을, | 언제나 전율로 네 계획을

물론 읽는다 하여도 코메디 프랑세즈●●의 배우가 낭독하듯 다음처럼 박자를 맞추지는 않겠다.

그렇게 모든 낮과 | 모든 밤을 말 위에서●●●

●라신의 희곡 『앙드로마크』에서.
●●프랑스 최고의 극장. 학문에서 아카데미 프랑세즈가 있다면 연극에는 코메디 프랑세즈가 있다.
●●●코르네유의 희곡 『르 시드』에서.

나는 내 성향에 맞춰 다른 방식을 택하겠다. 내가 직접 낭송한다면 말이다.

그렇게 | 모든 낮과 모든 밤을 | 말 위에서

우리가 직접 운문을 자기 자신에게 읽어 줄 때 우리는 어떤 의미에서 더욱 내밀한 방식으로 글을 소유할 수 있다. 글이라는 알을 품어야 한다. 본래 지녀야 할 리듬에 맞춰 읽고, 글이 본래 드러내고자 하는 바를 드러내게 해야 한다.

이러한 부화에는 즐거움뿐 아니라 여러 장점이 있다.

그리고 즐거움은 조금 떨어지겠으나 텍스트를 변질시켜 보는 방법도 있다. 나는 매우 오랫동안 볼테르의 시 「샤틀레의 그녀」를 "두 죽음이 있다. 나는 그 죽음을 본다."라고 외웠는데 실제 텍스트는 "사람은 두 번 죽는다. 나는 그 죽음을 본다."이다. 달랐다 한들 듣기에는 매우 좋은 음조다. 마찬가지로 긴 시간 동안 나는 빅토르 위고의 연극 『뤼 블라』를 다음처럼 인용했다.

나는 교황 대사에게 줄 조언을 냈지.

텍스트에는 본디 "의견을 냈지."로 적혀 있다. 빅토르 위고의 다른 작품 「장 세베르」도 마찬가지다.

> 하물며 이따위 이야깃거리런들
> 내 빈틈에서 새 나오고 말았지.
> 그러니 아무리 촘촘한 언어런들
> 정신을 무디게 돌리지는 못하지.

원작에는 "정신을 무디게 만들지는 못하지."라고 적혀 있다. 부끄럽지만 변조한 텍스트를 확인해 보면 저자의 글이 언제나 훨씬 아름다웠음을 고백해야겠다. 그러나 문학을 공부하는 학생에게라면 이러한 비교가 교훈이 될 만하고 쓸모가 있으리라.

그럼에도 단 하나의 텍스트, 물론 나는 이것을 말할 때마다 얼굴을 붉히고 남들이 비웃어도 어쩔 수 없지만, 단 하나의 텍스트만큼은 저자에 비해 내가 잘못되지 않았다고 여기고 싶다. 나는 언제나 「파종」의 끝을 다음처럼 외우곤 했다.

> 여명이 그림자 속으로 깃듦을

활짝 장막을 펼치는 그림자가

마침내 별에 다다르고 있음을

파종하는 그의 거룩한 모습을

그림자 안에 깃든 여명•이었으리라, 내 영혼에 깃들어 이처럼 빅토르 위고의 시를 바꾸게 한 것은. 원문은 "소란이 그림자 속으로 깃듦을"이었다. 그러나 나는 이 경우 원문을 좋아하긴 힘들다. "황혼이 깃드는 순간"에는 소란이 있을 수 없으며, 있다 한들 그것으로 발생하는 효과는 미미할 따름이다. 바로 "낮의 마지막"에 그림자가 섞여 든 것이라고 작가나 독자는 생각해야 한다. 그래야지 파종하는 사람의 모습을, 그 모습이 하늘 위로 뻗어 나감을 본다고 할 수 있다. 아마도 빅토르 위고는 각운이 빈약함••을 걱정하여 '소란'을 넣지 않았을까.

자기 자신이 교정하든 저자가 교정하든, 그것이 원본을 준수하지 않는 방식이든 새로운 시도이든 간에 이러한 방식은 취향을 더욱 날카롭게 벼려 줄 것이다. 아니면 적어도 당신이

• 베르길리우스의 연극에 나오는 대사. 원서에는 라틴어로 'sublustri noctis in umbra'(수블루스트리 녹티스 인 움브라)라고 썼였다.

•• 번역에서는 보이지 않지만 소란rumeur과 파종하는 사람semeur는 각 행의 끝에서 −meur로 각운을 이룬다. 프랑스 시에서는 운을 맞추는 형식적 측면이 중요시되므로 여명lueur이 올 경우엔 비교적 각운이 밋밋하다고 볼 수 있다.

내리는 그러한 판단이 무익한 것만은 아님을 알게 되리라.

그 외에 또 다른 책 읽기가 있을 수 있다. 앞의 방식과 매우 유사한 것으로, 조악한 작가의 글을 읽을 때 흥미로운 방식이 된다. 형편없지는 않더라도 작품에 만족감을 느끼지는 못할 때 우리는 대안을 모색할 것이다. 문학평론가 부알로의 말처럼 산책할 시간이나 불면의 밤을 이용하여 문장을 다시 조인다든지(그 반대는 안 되겠다) 열두 음절의 시를 여덟 음절로 압축해 보도록 하자. 매우 즐거운 경험이 되리라. 그리고 다시 원문과 비교해 보면 더욱 즐거울 것이다. 물론 이 경우 우리는 독서라는 말의 본래 뜻에서 조금은 벗어나게 된다.

파종의 계절, 저녁

황혼이 깃드는 순간 찾아오면
모두 감탄이지 대문 아래 앉아
낮의 마지막 섬광을 바라봄은
노동의 마지막 시간을 맞이함은

바라보네 밤을 머금은 대지를
감격으로, 그의 헤진 넝마를
늙은 손으로 한 움큼 뿌려 대는
고랑에 박힌 미래의 수확을

남자의 드높은 어둠의 윤곽
그의 밭 그 깊이를 다스린다
하루가 가고 또 하루가 오며
끝내 이로운 시간을 믿는다

광활한 평원을 남자가 걷는다
오고, 가며, 멀리 씨를 뿌린다

다시 손을 열고, 다시 되푼다
이제 나 어둠의 증인으로 보네

소란이 그림자 속으로 깃듦을
활짝 장막을 펼치는 그림자가
마침내 별에 다다르고 있음을
파종하는 그의 거룩한 모습을

6

난해한 작가 읽기

책을 읽는 법을 말할 때 매우 조심스럽게 다루어야 할 부류의 작가들이 있다. 그들을 우리는 '난해한 작가'라 부른다. 즉 처음 봐서, 아니 두 번 봐도 이해할 수 없는 작가로 리코프롱이나 모리스 세브, 말라르메가 이에 해당한다. 이들은 언제나 대단한 평판을 얻고 있다. 그들은 무언가를 내세우고 있으며, 그에 감탄하는 가신들이 뒤따른다. 작가는 이때 자신이 무언가 특별한 것을 이해하고 있음을 내세우는데, 그의 가신들은 감히 그것을 이해하지 못했다고 말하지도 않거니와 글을 읽지 않고서도 작가의 세련됨을 천명한다. 그 믿음은 실로 광신도의 그것이라 말할 수 있겠는데, 그들의 탄복은 바로 자기 지성에 대한 탄복이거나 다른 이의 지성에 대한 멸시로부터 나오는 탄복이다. 교리를 얻은 이 전수자들은 거만하기 이를 데

없으며, 자신들이 배운 밀의에 관하여 매우 완강한 태도를 보인다.

그럼에도 그들이 완전히 틀리지 않았음은 인정해야 하리라. 그들은 모든 텍스트가 문학에 심취하지 않은 어떤 사람이 보더라도 단번에 이해될 수 있다는 원칙에서 시작한다. 이 원칙이 절대적으로 틀린 것은 아니다. 매우 아름다운 감성을 지닌 사람이라면 단번에 텍스트를 이해할 수도 있다.

내 사랑은 변덕을 모르오. 내가 행하는 절조를 아시겠소?●

아름다운 이 문장을 우리는 처음 접하는 순간 이해할 수도 있다. 그러나 단번에 이해가 된다고 해서 이 문장이 진부하다고 여기거나 문학이 아니라고 봐서는 안 된다.

생각이 담긴 책을 읽자마자 이해했다면 그 책은 대중적이고 평범한 것일 수밖에 없다. 만약 빅토르 위고의 「자유에 들이다」●●를 단숨에 이해하지 못했다 하더라도, 나는 오히려 그 사실에 박수를 보내고 싶다.

●라신의 희곡 『앙드로마크』에서.
●●본문에는 없으나 한국 독자를 위해 시 전문을 옮겨 본다.

자유에 들이다

여기 고된 겨울 지나고 한 마리 새 남았지
언젠가 모두가 함께 노래 부르던 집 안에서.

결국 난해한 작가를 좋아하는 사람들이 내세우는 원칙에는 올바른 부분이 있다. 그러나 그들은 과장이 심하다. 첫째, 그들은 문학에서 모든 감각을, 적어도 모든 보편 감각을 배제하려 한다. 들어가기 매우 어려운, 즉 느끼기 어려운 희귀한 감정만을 용납한다. 둘째, 그들은 생각을 다루는 책에서 생각 외에는 생각에서 나온 그 어느 것도 이해하기를 바라지 않는다. 그러나 생각이란 드러내 보여야 하는 것이다. 사람을 생각에 끌어들이려면 우선 전적으로 이해 가능한 방식이어야 하며, 겉보기에 아니면 부분적으로나마 접근 가능해야 한다. 그러고는 다시 읽을 때 우리가 완전히 이해하지 못했음을 알고 다시 천착해야 할 가치를 알 수 있어야 한다. 파고들면 파고들수

커다란 새장 안에서 그렇게 공허는 생겨났어.
부드러운 박새 한 마리, 가족은 어데 가고,
여기 홀로 남았지, 새였던 자신을 추억하며.
가엾은 새! 홀로 잠들고 새벽이 동틀 때
홀로 남아 제 깃털을 부리로 비비는구나!

오늘 아침, 나는 새장의 문을 열었어.
그곳에 나는 들어갔지……
새장으로부터 나온 나는,
줄곧 손에 새를 쥐고 있었지. 오래된 난간 가까이
담쟁이덩굴 뒤덮인 그곳으로 다가갔어.
다시 새롭게! 햇빛이! 두근거리고, 떨리는,
완전히 넘쳐흐르는. 손을 열며 말했어 나는, 자유롭길!
잘게 떠는 나뭇가지 사이로
봄의 눈부신 막막함으로 새는 달아나 버렸지.

록 우리가 그 풍요로움을 더욱 잘 이해할 수 있는 작품, 문자 그대로 무궁무진한 작품이어야 한다.

우리가 받아들여야 할 생각이란 처음에는 텅 빈 상태와 마찬가지이기에 대중적이거나 진부하다고 보기는 어렵다. 그러나 이때 관건은, 아무리 독창적인 생각일지라도 제집에 오는 손님을 환대하는 것처럼 접근할 수 있어야 하며, 계속하여 엄격히 연구될 것임을 드러낼 수 있어야 한다는 점이다.

그러나 난해한 작가에게 빠진 사람들은 이를 조금도 받아들이지 않는다. 그들은 우선 난해함이 무지한 독자로부터 책에 담긴 생각을 지켜 주길 원하며, 그 후에는 그 난해함에 아주 세련된 지성을 지닌 우아하고 통찰력 있는 사람들이 관심을 갖기를 바란다. 그리고 생각이 주변을 진공으로 만들어 읽는 이로 하여금 황무지를 건너 성지에 들어온다는 즐거움을, 그곳에 머물고 특히 그곳을 나와서 자신이 그 생각을 이해했음을 선언할 수 있는 즐거움을 느낄 수 있길 바란다. 그리고 무엇보다 모든 사람이 그 생각을 이해하지는 말기를 바라 마지않는다.

이들이 과장이 심한 사람이며 지성에 집착하는 사람이다.

실제로 내가 아무리 열중해도 문자 그대로 단 한 줄도 이해할 수 없는 작가가 있다. 그런데 젊은이나 아이, 아낙네 들은 작가를 완전히 이해했음은 물론이고 작가의 모든 말에, 작가를 접하기 이전에는 거의 생각도 해 보지 못한 그 말에 놀라움을 금치 못했다고 말한다. 나에게는 이를 판단할 어떠한 재량도 없으며 이해하고 싶어도 도무지 이해할 수 없다. 그들은 매우 예의 바르기에 이런 나에게 눈짓이나 표정으로 말할 뿐이다. "당신이 귀 기울여 듣는다면 매우 명확한데 말이지요……." 몇몇은, 아니 심지어 많은 사람에게 이해하는 능력은 그 자체로 커다란 기쁨이며, 보통 사람이 이해하지 못할 때 그 기쁨은 유독 크게 다가온다. 일종의 짜릿한 자극이 있는 셈이다. 그런 독자들은 실제 몇몇 작가를 둘러싸고 엘리트를 만들기 마련이다. 그들은 자신이 작가에게 침투해 들어갈 수 있음에, 그리고 그 작가가 아무나 침투할 수 없는 사람임에 감지덕지한다.

생각해 보건대 이런 부류에는 다양한 사람들이 있다. 이해하지 못하는 사람, 다른 사람이 이해하지 못하는 것을 알고 있는 사람 그리고 이해하고 감탄하는 척하는 사람이 여기에 속한다. 그들은 결국 사이비 신자인 셈이다. 작가를 내세워 그들은 자신의 허영을 채우려 하며 다른 사람들에게 자신이 우월한 지성을 지닌 사람으로 인정받길 바란다.

그러나 그 수는 매우 적어도 진정으로 무언가를 이해하는 사람들이 있는데, 그들은 정말이지 알 수 없는 그 무언가를 이해한다.

— 어떻게 그럴 수 있는가?
— 어떠한 의미도 없는 곳에 바로 그들이 하나의 의미를 부여한다. 어떠한 생각도 담지 못하는 용기에 바로 그들이 하나의 생각을 담거나, 자신에게 있는 유사한 어떤 것으로 채운다. 이 사람들에게 난해한 작품은 정말이지 매우 필요한 것이다. 그곳에서 그들은 거듭 진화하기 바라며, 소위 천착할 만한 텍스트가 있어야만 자기 자신의 고유한 생각을 펴부을 수 있다. 하나의 명징한 텍스트는 독자를 자신 앞에 멈춰 세우고, 한계 짓고, 고정할 따름으로, 텍스트 이해 외에 다른 부분은 허락하지 않는다. 데카르트는 우리가 자신을 이해하기를 요구하지만 상상하기를 허락하지는 않는다. 반면 난해한 텍스트는 온갖 해석에, 즉 텍스트의 원천이 아니라 그것을 구실 삼을 온갖 종류의 상상에 열려 있다. 난해한 텍스트는 옷과도 같아 누구든 그 속으로 몸을 들이밀 수 있으며, 그러고 나서는 자신이 만들어 낸 모습에 감탄하고 그 상태를 음미할 수 있다. 난해한 텍스트는 뿌연 거울과도 같아 각자가 자신이 원하는 얼굴을 바라본다. 즉 자신이 그 안에 무엇을 두었는지도 모를 불명확

한 텍스트에서 무언가를 이해해 내는 사람들이 있다. 불명확한 텍스트는 그들에게 꼭 필요한 것으로 독서가 조금도 수동적이지 않도록 해 준다. 어쩔 수 없이 따라가지 않게 해 줄뿐더러 단순히 동조자 역할에 그치지 않고, 의식적이든 무의식적이든 자기 자신에게 고착되도록 해 준다.

마지막으로 매우 진지하면서도 조금의 사리사욕도 보이지 않는 사람들이 있는데, 이들이야말로 이 집단의 진정한 신도라 할 수 있다. 꽤나 많은 수를 차지하는 이들은 자신이 이해할 수 없는 것에만 탄복한다. 실로 이러한 사람들은 우리가 생각하는 것보다도 더 많다. 그들의 정신은 그러한 경향을 지녔으며 미지의 것에 매력을 느낀다. 이는 숨겨진 것에 대한 사람들의 호기심이며 심연에의 끌림이고 부드러운 도취다. 그리고 위엄이다. 위엄은 우리를 초월하고 우리의 손아귀에서 벗어나 우리를 내려다본다. 어릴 때 나는 장난삼아 다음과 같이 말했다. "나는 내가 이해하지 못하는 것, 이해할 수 없다고 느끼는 것에만 감탄하지. 나는 그게 매우 자연스럽다고 생각해. 이해할 수 있다면 문체도 작가의 솜씨도 그만그만하니 내게 없던 것이라도 따라갈 수 있잖아. 그러니 감탄은 못하고 동의하고 인정할 뿐이지. 찬란함은 보이지 않고, 이미 내 안에 있는 빛을 키워 줄 뿐이야. 그러나 이해하지 못하는 것은 나를 초월하고, 그래서 나를 압도하여 주눅이 들게 하지. 나는 약간의 두려움을 품고서 감탄해 마지않지. 모든 감탄에는 약간의 공포가 있기 마련이야. 그럼 나는 되묻곤 해. 도대체 어느 높이에, 어느 깊이에 도달해야 내가 그를 특별하다고 생각하지 않을까. 아무리 노력한들 그는 언제나 저 높이, 저 깊이, 저 거리에 있음을 나는 알지. 나는 그저 감탄하고, 초조하게 그 감탄을 두려워하지."

농담 삼아 말했지만, 실제로 직접 말하지는 않더라도 그런 사람들이 있다. 그들은 내가 앞서 묘사한 정신 상태를 그대로 가지고 살아간다. 난해한 텍스트는 그들에게 필요한 감탄과 그 감탄에서 오는 불안을 충분히 제공한다. 이런 영혼 상태는 우리가 쉽게 찾아볼 수 있는 것으로, 바로 신비주의에 빠진 영혼 상태가 그러하다. 그들에게는 더 놀라울 것도 없으리라.

— 그런데 일반 사람은 책을 읽으면서 경험을 쌓고 그저 즐길 뿐인데 어려운 작가들, 그러니까 처음 읽고서는 아무것도 이해하지 못할 게 빤한 작가를 읽을 필요가 있을까요?

— 맙소사, 그걸 말이라고 하나요! 우선 우리는 일종의 지적 게으름을 갖고 있는데, 이것을 난관과 험난한 장애물에 부딪혀 복종시켜야만 합니다. 그래서 더 게을러지지 못하게 하고

설사 조금 게을러지더라도 수준이 낮아지는 일은 없도록 말이지요. 우리 시대 사람을 들먹였다가는 그 사람이 상처를 받을 수 있으니 예전 작가로 예를 들어 보지요. 드릴을 자주 읽는다 쳐 봅시다. 그를 읽는 데는 어떤 어려움도 없습니다. 그러다 보면 더는 꼼꼼히 보려는 노력을 기울이지 않게 되어 결국에는 여성 작가 코탱 부인의 소설만 읽게 됩니다. 결코『파우스트 2부』를 읽지 못하게 되지요. 이 얼마나 안타까운 일입니까.

그러므로 이를 악물고 난해한 작가들에게 달려들어야 할 필요가 있다. 그렇지 않으면 퇴보할 위험이 있다. 내가 어렸을 때 알던 문학적 소양이 있는 어떤 사람들은『파우스트 2부』가 이해할 수 없는 작품이고 빅토르 위고가 막연하다고 치부했다. 빅토르 위고가 막연하게 여겨지는 사람이라면, 그는 마음의 양식을 대중적으로 인기를 얻은 음악가 베랑제나 그의 아류들에게서만 찾을 수 있단 말인가?

그렇다면 어떻게 해야 난해한 작가를 읽을 수 있을까? 우리 같은 보통 사람들에게 모든 작가가 다 쉽게 읽히지는 않는다. 그러한 작가 중 일부는 내가 앞에서 언급한 세 가지 유형에 속한 사람들만 읽을 수 있으리라. 그러나 그중에서도 자연적으로 본능에 따라, 매우 정직해서 아무런 기교를 부리지 않아도 막연한 작가가 있다. 그들은 내가 여전히 결코 이해하지 못한 무언가를, 그들의 정신 속에 명확하게 자리 잡지 않은 생각을 단어로 표현하고 종이에 옮길 수 있다. 그들에게 말이나 글은 분석의 도구가 아니다. 그들에게 말이나 글은 자신이 자기 생각을 잘 이해했는지 검증해 보기 위한 것이 아니다. 즉 그들은 자신이 개념 지을 수 없는 것을 표현할 능력이 있다. 이런 사람들은 그저 편히 내버려 두어 마땅하다. 그들로부터 우리가 무슨 이득을 보겠는가. 왜냐하면 사고한다는 측면에서 봤을 때 그들은 조금도 사고하지 않으며, 무언가 알 수 없는 것에 대해 그들이 사고한다 하여도 그것은 조금 헛될뿐더러 무모하기에 그들 자신에 대해 생각해 보는 것만 못하다.

그러나 내 생각에는 훨씬 많은 사람이 자발적으로 막연해지길 원하며, 그리하여 막연한 작가로서 우아하면서도 고결한 영예를 얻고자 한다. 그들의 방식을 살펴보자. 그들은 우선 모든 다른 사람처럼 **명확하게** 생각하고, 그러고 나서 신중하게 명확한 단어를 부적절한 단어로 치환하고, 일반적인 문장의 통사를 기괴하게 뒤틀고, 막힘이 없는 문장을 도치시킨다. 이렇게 하여 점차 자신의 텍스트를 막연하게 만드는 것이다. 그들은 '이해할 수 있는 문장만 쓰려는 사람'과는 정반대로 행동한다. 이해할 수 있는 문장을 쓰려는 사람은 모호한 표현을 명확한 표현으로 바꿔 나간다. 그러나 저들은 아주 공을 들여 조금이라도 명확한 표현을 무녀의 그것으로 맞바꾸며 자기가 글을 쓰고 있음을 알고자 한다. 진정으로 그들은 다음과 같이 말한다. "책이 완성되었네. 나는 책을 암흑 속에 빠트렸을 뿐이야." 니체는 말한다. "결국 우리는 명확해졌다!" 저들은 자신의 작품을 손질하며 말한다. "결국 나는 막연해졌어." 그들은 막연함을 내세워 대중의 분별없음으로부터 자신을 지켜낸다. 막연함을 내세워, 자신을 이해해 주면 되레 부끄럽게 여길 사람으로부터 자기 자신을 보호한다.

니체는 그들의 방식과 의도를 매우 잘 파악했다. "우리는 글을 쓸 때 그저 이해받기를 바랄 뿐 아니라, 이해되지 않기도 원한다. 이것은 책과 대척하여 거부하려는 게 아니다. 누군가 책을 도저히 이해할 수 없다고 생각한다면, 그 또한 '아무에게나' 이해받고 싶지 않다는 저자의 의도에 들어맞기 때문이다. 그러므로 뛰어난 정신은 각별한 취향의 소유자라면 누구나, 자신이 소통하고 싶은 청중을 선택하고자 한다. 선택하면서 '그 외의 사람들'에게 제한을 둔다. 글쓰기에서 모든 교묘한 규칙의 기원이 바로 이러하다. 먼 상태를 유지함과 동시에 거리를 만들고 '입구'를, 이해를 막아선다. 그러는 동안 앞서 말한

바와 그들의 귀를, 우리와 동류인 사람들의 귀를 열어 준다."•

실제로 이렇게 난해한 작가들이 벌이는 프로테우스적인 노동, 이 놀리 메 탄게레, 놀리 메 인텔리게레noli me tangere, noli me intelligere ••는 상당히 헛된 일이다. 이 작가들은 이해되고 허용되거나 적어도 '붙잡힐' 것이니 말이다. 그것도 대부분 이해받기를 원치 않고 접촉하기를 꺼리는 멍청이들에게 붙잡힌다. 왜냐하면 멍청이라야 거의 이해하지 못한 상태에서도 이해하기에 가장 어려운 것들로 돌진할 수 있기 때문이다.

이것이 자신들의 작업이라는데 어쩌겠는가. 베일로 자신을 가리고 가면을 써서 도무지 침투할 수 없는 사람이 되고 싶다는데.

저들이 한 작업을 우리는 정반대로 진행하여 인내심을 발휘해 간결함으로 나아가 보자. 도치된 문장을 다시 도치하고, 부적절한 용어들을 정확할 법한 용어로 치환하자. 물론 보편적인 의미를 담고 있다면 말이다. 꼼꼼하게 책을 읽어 작가가 말하고 싶었던 곳까지 파고들어라. 그래서 모든 게 밝혀지고도 아직 가능성이 남아 있는 게 있다면, 작가가 생각을 가린 채 대신 눈에 드러내려고 사용한 소소한 장치들이 무엇인지

• 니체의 『즐거운 지식』 381장. 작가의 인용에서 니체가 인용한 부분이 생략되고 통사적으로 약간의 의역이 있었기에 독일어판 니체의 글을 기준으로 옮겨 왔다.

•• 나를 붙잡지 마라. 나를 이해하려 들지 마라. '놀리 메 탄게레'는 부활한 예수가 마리아 막달레나에게 한 말.

파악하고, 그것들을 무너트려 작가의 사상 자체와 마주할 수 있도록 하라. 그 사상은 대부분 매우 평범해 보이겠지만 가끔은 흥미로운 것이 남아 있을 것이다. "당신이 원하시는 것은 아시스 씨, 제게 날씨가 춥다고 말씀하시는 것이지요. 날씨가 춥다고 말씀하세요."● 이런 문장도 좋겠다. 이것을 여과 장치로 걸러내고 윗물로 거슬러 올라가 명쾌하게 만들자. 아시스가 춥다고 말할 수 있도록 강제하자.

이 작업은 매우 유용하다. 지성이 할 수 있는 가장 활발한 활동으로, 그로써 지성은 더욱 확장되고 첨예해질 수 있다.

몽테뉴는 단순한 것을 복잡하게 만들고 명료한 것을 막연하게 만드는 기술에 관하여 경탄할 만한 글을 썼다. "그는 예측할 수 없다. 호기심으로 가득한 채 언어의 모든 주름과 빛깔을 샅샅이 뒤지고 살피지 않으면 말이다. 그리고 그래야만 우리가 무녀에게나 바랄 것들을 그의 입을 통해 나오게 할 수 있다. 우회하는 방식이든 가로지르는 방식이든 간에 수많은 해석이 가능하다면, 주제를 막론하고 제 나름대로 사용할 몇몇 견해를 찾아내지 못할 경우 기발한 정신의 소유자는 불편해할 것이다. 그리고 그러한 이유로 짙은 안개처럼 뿌옇고 의심스러운 문체가 예나 지금이나 자주 눈에 띈다. 이것으로 저자는 후대의 관심을 자신에게 이끌고 고역을 치르게 한다. 단순히 자족하는 데에서 그치지 않고, 본래 이상의 호평을 받아 저자는 본래 자신이 드러내는 것 이상으로 이득을 본다. 그 방식이 **멍청한지 세련되었는지**, 막연한지 다양한지 등은 저자에게 중요하지 않다. 이런 정신의 소유자들은 체를 치고 휘저으면서 자신과 맞는, 자신과 유사한, 자신에 반하는 여러 형태를 선보인다. 그것이 자신의 자랑거리가 되리라. 그러고는 시장터의 관리자 같은 자신의 문하생을 통해 자기가 풍요로운 사람이 됨을 볼 것이다. 그가 하는 일은 아무것도 아닌 것들에 여러 가치를 부여하고 수많은 글에 힘을 싣는 것이다. 그리고 그 안에 우리가 원하는 온갖 것, 수천 번이고 우리가 떠올려 만족해한 상像이나 다양한 의견을 집어넣는다."

물론 난해한 작가들에 대해 우리가 할 작업은 정반대다. 그들은 번잡한 장식과 복잡한 갑옷을 덮어쓰고 있다. 속옷만 걸친 상태로 만들어야 한다. 꽁꽁 싸맨 몸을 가볍게 해야 한다. 그래야 아마도 그들을 용인하거나 판단하고 맛볼 수 있을 것이다.

— 그런데 명료한 작가의 책을 깊이 생각하며 읽을 때도 우리는 쉬이 하던 대로 하지 않습니까. 작가는 조금도 생각해 보지 않은 것이나 잠재적으로 생각한 것들을 책 안에 집어넣지

요. 그리고 무엇보다 복잡한 작가들을 단순화한다면 그 작가가 가진 유일한 장점을 없애는 잘못을 저지르는 게 아닐까요?

— 상당히 맞는 말씀입니다. 그러나 괜히 풍요롭게 만들어 주는 것보다는 허물을 벗겨 버리는 것이 작가가 치러야 할 대가입니다. 그들은 본래 자신이 가진 것보다 더욱 풍요롭게 보이기를 원하고 자신의 빈곤에 그런 풍요로운 외관을 덧씌웁니다. 우리는 그들이 우리를 맞이하는 자발적인 막연함으로만 쌓아 올린 대상에 빛을 비추어 우리에게 환상을 심어 주려 했던, 조금은 과했던 장식들을 제거하고 실체를 봐야 합니다.

어찌 됐던 이런 연습은 조금 골치 아플 수는 있어도 매우 건강하고 유용한 작업이다. 암호가 걸린 언어를 번역하는 작업으로, 암호를 풀 힌트를 찾아내야 한다. 그 숫자를 찾으려 하는 게 전쟁이라면 그것을 찾은 것은 곧 승리를 의미한다. 숫자를 찾고 암호를 풀어내는 데 일생을 보낼 필요는 없다. 그러나 가끔이라면 즐거움이나 이로움이 없지도 않을 것이다.

7

조악한 작가 읽기

가끔은 조악한 작가를 읽어도 좋을 수 있다. 매우 위험한 일이기는 하나 분별력을 갖추고 읽는다면 그 또한 유익하리라.

매우 위험한 이유를 보자.

"왜 바보들의 대화 같은 걸 좋아하는가?"

"무한한 즐거움을 주기 때문이지."

이러한 관능에 몸을 내맡겨서는 안 된다. 건강하지 않은 관능이다. 이 건조하면서도 악의 짙은 즐거움에는 볼썽사나운 힘이 있어 정신을 메마르게 한다. 플로베르는 바보들을 좋아했다. 그는 바보짓에 관한 백과사전을 만들기를 소망했고 그래서인지 두 권의 두꺼운 책●을 냈다. 충분하다 못해 넘치리라. 이런 놀이를 하다 보면 우리는 매우 거만한 태도에 익숙해

●『보바리 부인』으로 널리 알려진 귀스타브 플로베르(1821~1880)는 풍자와 해학에 매우 뛰어나다. 특히 바보 같은 세태를 풍자한 책으로 저자가 언급하는 『부바르와 페퀴셰』, 『통상 관념 사전』이 있다.

져 끝없이 자기가 남들보다 우위에 섰다고 여긴다. 이는 우선 매우 불쾌한 짓거리며 그 탓에 정작 큰일에는 무능해진다. 내려다보려고 갖은 노력을 다할 뿐 아니라, 가능한 모든 것을 자신에게서 끌어내기 때문이다.

문학평론가 부알로는 조악한 작가들을 비웃는 독서로 자기 삶의 매우 많은 시간을 할애했는데, 이보다 더 쓸모없는 일도 없으며 매우 미미한 정신적 행위가 아닐 수 없다. 이러한 부알로의 작업은 조악한 작가가 대중적 인기를 얻고, 그 탓에 치명적인 문제를 일으킬 대중의 비행을 바로잡으려 할 때에만 정당화될 수 있다. 대중 작가 팽셴와 본코르스를 공격하는 것은 자기 자신을 비난하는 것과 마찬가지다. 그들을 읽었음을 고백하는 일인데, 비아냥거릴 소재를 찾으려던 게 아니라면 누가 억지로 읽게라도 했겠는가? 그러한 바람에서 자비란 찾아볼 수 없으며 그로부터 파생된 문학은 모든 문학 양식 중에서 제일 졸렬하다.

남을 놀리길 일삼는 아이가 어른의 우스꽝스러운 점을 꼬집어 친구들에게 자신의 작디작은 지배력을 과시하는 것을 볼 수 있는데, 힘이나 본능, 통솔력으로 자신을 내보이는 사람의 행위와 다를 바 없다. 라브뤼예르는 그런 유형의 사람들을 잘 알고 있었다. "눈에 보이는 그 어떤 오점이나 신체적 결함도(정신적 결함마저도) 아이들은 지나치는 법이 없다. 아이들은 첫눈에 알아보고 어떻게 드러내야 좋을지를 잘 알고 있다. 다행히도 더는 지적을 받지 않는다. 아이들은 사람이 돼서, 지금까지 비웃던 모든 불완전이 자신에게 돌아옴을 감내해야 하므로.”

분명 학창 시절 주위에 이런 아이들이 있었을 것이다. 지금 그들이 어떻게 되었는지 떠올려 보라. 그들을 혼내고 인상을 찌푸리던 부모들은 매우 자랑스러워할 것이다. 그들이 결국 멍청이가 돼 버렸으니. 이런 식의 정신적 어리석음은 아무것도 환하게 밝혀 주지 못하며 남을 희롱하는 것으로 그치지 않는다.

따라서 이처럼 자신의 성향을 내보이거나 확인할 기회가 있다면 그 안으로 뛰어들기보다는 멀리 피해야 하겠다. 남을 비웃는 행위는 이미 자기에게 의사소통 능력이 없음을 내비치거나 그렇게 되게 할 따름이다.

그렇다고 바보들의 책을 완전히 멀리할 필요도 없다. 우선 여기에는 일종의 카타르시스가 있다. 알다시피 카타르시스는 해악을 끼칠 감정에 빠져들 위험 없이 근심에서 벗어나게 하거나 정화하므로, 우리 안에 더는 우리를 괴롭힐 것이 남아 있지 않게 하거나 더는 치명적이거나 나쁜 영향을 끼치지 않게 해 준다. 아리스토텔레스에 의하면 우리는 극장에서 주인공들의 불행을 경험하면서 우리 안의 두려움과 연민을 정화한다. 허구인 까닭에 그들의 불행은 우리 안에 남아 우리를 침울하게 만들지 않는다. 배우들은 자신에게 공연 전이나 공연하는 동안 모든 것을 마비시키는 감정이, 막연한 두려움이 필요함을 안다. 그래서 그들은 "이전에 그랬으면 지금은 아니지. 정화되었으니까 말이야."라고 말하는데, 이는 실제로 가능하다.

게다가 조악한 책을 비웃으며 카타르시스를 느낄 수 있다. 조악한 책을 비웃으며 우리는 만족감을 느끼고 아마도 더는 이런 조롱을 다른 사람에게 쏟아붓지 않게 된다. 일종의 배출구인 것이다. 고약한 심성은 불씨와도 같아서 자신을 불태울 먹잇감을 찾는다. 그리고 점차 잦아들어 가라앉은 후에 다시는 우리를 부추기지 않으리라.

나는 '아마도'라고 말했다. 확신할 수 없기 때문이다. 부알로가 이런 이론에 근거한 좋은 예라면 라신은 정반대다. 부알로는 자신의 고약한 성미를 해로운 작품에 모두 쏟아내고는 일상에서 매우 친절했다. 그러나 라신은 조악한 작가들에게 촌철살인을 서슴지 않았고 사생활에서 자신의 가장 친한 친구에게도 매우 사나웠다.

몰리에르의 희곡 『인간 혐오자』의 주인공 알세스트는 책만큼이나 조악한 사람에게, 사람만큼이나 조악한 책을 매우 퉁명스럽게 대했는데, 이는 몰리에르가 사람들의 성격을 매우 잘 파악했음을 보여 준다. 어쨌거나 그런 책에 대해 빈정거리는 사람이라면 고약한 자신의 성미를 드러내지 않고서는 못 배기리라.

내 경우를 비추어 보자면 나는 태평하기 짝이 없는 어떤 사람을 안다. 그는 왜 조악한 책을 읽기 좋아할까, 인생에서 단 한 번도 좋은 것을 찾지 못했기 때문에? 도대체 왜? 말할 필요도 없는 것이 그는 책의 조악함을 알아보는 데 재미를 느끼기 때문이다. 틀림없이 이 책들은 계속해서 두 배 세 배 늘어나는 신랄한 비난거리를 담고 있으며 그 신랄함이 꼬리에 꼬리를 물고 생겨난다. 그가 책을 읽는 이유는 비난할 소재가 고갈되었기에 다시 채울 뿐인 것처럼 보인다. 자연스러운 귀결로 그는 결코 글을 쓰지 않는다. 우리가 흔히 말하듯 아무것도 하지 않는 것이 오히려 더 좋을 수도 있겠다. 그러나 지나쳐서는 안 된다. 그런데 그는 이미 그 지나침이 도를 넘어섰다. "왜 책을 쓰지 않는지요?"라고 묻는다면 나는 이렇게 답하겠다. "왜냐하면 그 책이 좋을 수 있기 때문이고 좋은 책이라면 그가 원하던 방향과 전혀 다르기에 그가 매우 괴로워할 것입니다." 그런데 나는 이 사람을 알고 있다고 말했다. 그는 실제 매우 유쾌한 사람이며 다른 사람에게도 친절하다. 내가 보기엔 성격이 그만 한 사람도 없다.

악의를 갖고 책을 대하는 그의 행동을 일종의 배출 행위라고 결론짓자. 그럴 법도 한 것이 조악한 책을 읽으면 카타르시스를 느끼므로, 도덕적으로 매우 유용하고 값진 일일 수 있으니.

그리고 조악한 책을 읽으면 취향을 형성하는 데 도움을 준다. 물론 그 전에 이미 좋은 책들을 읽어 봤어야 한다. 나쁜 책이라고 경멸하거나 굳이 경시하지 않는다면 말이다. 학교 교육을 벗어나면 아이들은 보통 세 부류로 나뉜다. 본능적으로 좋은 책을 골라 읽는 사람, 나쁘거나 저속한 책 또는 매우 보잘것없는 책을 읽는 사람, 아무것도 읽지 않는 사람. 바로 학교교육이 그들에게 좋은 취향을 기르거나 아름다움을 끔찍이 여기게 혹은 문학에 대해 아무런 관심도 없게 만든다.

학교에서 공부에 재미를 붙였던 사람들에게 학교는 좋은 취향을 길러 준다. 이들은 자신이 호라티우스나 베르길리우스, 코르네유나 라신을 읽으면서 맛보았던 것과 유사한 미적 감정을 다시 느끼기만을 바라 마지않는다. 그리고 잠깐 샛길로 빠지자면, 바로 이러한 이유 때문에라도 고등학교에서 거의 동시대의 작가까지 접할 수 있게 해야 한다. 그래야 위대한 고전과 당대의 좋은 작가들 사이에 공백이 생기지 않아 잘못된 방향으로 빠지지 않고 당대의 좋은 작가들을 대할 수 있다. 자칫 인문주의자들에게 기울어 버리면 당대의 작가들은 음미하지 못하고 우리한테서 매우 멀리 떨어진 작가만을 이해할 수 있다. 인문주의자들은 충분히 존중받을 만하고 선망할 대상일 수도 있을 테지만, 그들에게서는 앞서 말한 방식의 건강하면서도 훌륭한 즐거움은 찾아볼 수 없다.

공부를 따분히 여긴 사람들에게 학교 교육은 아름다움에 대해 되돌릴 수 없는 혐오감을 갖게 한다. 실상 이미 싫어했을 테지만 공부가 그 혐오감을 폭발적으로 확대시켰으리라. 태생적으로 음악을 좋아하지 않는 아이가 부모의 강압으로 십 년간 바이올린을 켜야 한다고 상상해 보자. 다시는 악기 가게 근처도 지나가지 않을 것이다.

공부를 싫어했던 아이들은 다시 두 갈래로 나뉜다. 좋은 문학 작품을 싫어하거나 문학이라면 모두 싫어하는 사람. 전자는 조악한 작가나 보잘것없는 소설, 기괴한 시 따위를 읽는 집단을 형성할 것이다. 후자는 평생에 걸쳐 신문이나 펼쳐 볼 따름이며 무언가 책을 하나 고른다 하더라도 그것이 문학평론이 될 일은 결코 없을 것이다. 그럼에도 그들을 비난하지 말아야 할 것이, 자신의 본성을 따르지 않고 거스르는 게 더 멍청한 짓이기 때문이다.

세 부류에 관해 이야기해 봤다. 이 중 그 어디에도 속하지 않는 것이 바람직하다. 특히 마지막 부류에 속하지 않기를 기원하는 바이며 두 번째 부류도 그리 탐낼 것이 못 된다. 그리고 아무런 위험 없이 첫 번째 부류에 딱 들어맞으리라는 보장도 없다. 우리 시대에 누군가가 아나톨 프랑스, 피에르 로티, 쥘 르메트르, 폴 부르제, 레니예 등을 읽는다고 가정해 보자. 내가 보기엔 그 또한 앞에서 내가 말한 인문주의자와 비슷한 상황에 부닥칠 가능성이 높다. 즉 탁월함에 대한 감성밖에 없어 매우 좁고 오만한 정신의 소유자일 수 있다.

정말 그에게 탁월함에 대한 특별한 감성이 있을까? 사실대로 말하자면 나는 그것을 알지 못한다. 비교는 우리에게 세련된 감성을 길러 준다. 그러나 단순히 비교만이 아니라, 아름다움도 그 자체로 우리를 뒤흔들 수 있다. 즉 우리가 감동하는 방식과 다른 사람이 무언가를 만들어 내는 방식의 급작스러운 일치에 의해서도 가능하다. 서로 간의 벌어진 거리를 재는 것만으로도 격을 높이는 데 도움을 줄 것이기에 코르네유 이전 작가들을 아는 것도 나쁘지 않다. 그러면 이해할 수 있을 것이다. 코르네유가 얼마나 새로운지를 잘 분별하며 이해하고, 당대를 넘어 시대를 막론하여 그가 얼마나 위대한 작가인지를 알게 될 것이다. 그러므로 다시 새롭게 위대한 작가들에게 감탄하기 위해서라면 하찮은 것들이 지배하는 나라까지인식의 범위를 확장해 나가야 한다.

샤토브리앙은 당대의 한 저자에 대해 그 저자가 매년 자기생각의 원기를 되찾기 위해 독일을 방문한다고 말한다. 마찬가지로 지혜로운 사람이라면 가끔 조악한 작가를 방문하여감탄할 수 있는 자신의 능력에 다시 원기를 채워 줘야 하겠다.

부알로가 프라동●을 읽은 이유가 라신에게 더욱 감탄할이유를 찾기 위해서라는 말도 불가능하지는 않다. 그렇게라도 생각해야 그나마 위안이 되리라. 조악한 작가를 위대한 작가의 영광을 위한 밑거름으로 바라볼 수도 있겠다. 좋은 작가라면 조악한 작가들에 대해 다음과 같이 말할 것이다. "그들이 없이 내가 무엇이 되었을까? 난 정말 작디작은 존재구나." 조악한 작가는 반대로 자기를 멸시하는 좋은 작가에게 말할것이다. "배은망덕한! 내가 없었더라면 위대해질 수 있었으려고."

따라서 정신적 교감을 원하는 자신의 기호를, 멍청한 사람들과의 관계 속에 살짝 담가 보는 것도 전혀 쓸모없는 일은 아닐 것이다. 나의 기호를 형성하는 데 값싼 음식이 생트 뵈브보

●17세기 극작가 자크 프라동. 그는 당대에 경쟁자였던 라신과 비평가 부
알로에게 많은 공격을 받았다.

다 도움이 된 적도 있다. X를 읽지 않았더라면 나는 지금 어디쯤 있었을까……? 좋게 생각하지 않을 이유가 있는지 모르겠다. 또한 그럴 수 있어야만 우리는 조금의 착오도 없이 완전무결한 절대를 향해 거슬러 올라갈 수 있다.

조악한 작가를 조금은 읽자. 못된 심보 때문이 아니라면 매우 훌륭한 일이다. 우리 안에 바보 같은 책에 대한 증오를 심자. 바보 같은 책에 대한 증오 자체는 우리에게 조금도 쓸모 있지 않다. 그것이 제 가치를 발휘하려면 그 씨앗이 우리 안에서 좋은 책들에 대한 사랑과 목마름으로 되살아나야 한다.

8

독서의 적

내가 말하는 독서의 적은 단순히 독서를 방해하는 것들을 일컫는 게 아니다. 그중에서 과학, 실천하는 삶, 운동 등 대부분은 매우 훌륭한 것임을 알아야 한다. 확실한 건 우리 시대는 책을 읽는 사람을 위한 시대도 아닐뿐더러 그렇게 될 수도 없다는 것이다. 고대인들이 움브라틸리스 비타umbratilis vita●라 불렀던 삶은 거의 사라져 버렸다. 이제 '그늘에' 틀어박혀 며칠이고 책 한 권에만 할애할 시간을 가진 사람은 거의 없다. 우리는 부분별로만, 스무 장씩 끊어서만 책을 읽고 있기에, 책을 읽었다 하더라도 더는 온전히 읽었다 말할 수 없다. 책은 멈추지 않고 계속해서 읽어 나가야 한다. 그래야 단순히 작품이 좋은지 아닌지를 판단하는 것만이 아니라, 그 작품이 내는 소리를 듣고 잘 이해할 수 있다.

●그늘진 삶, 숨겨진 삶

독서를 좋아하는 사람 중에서도 매우 적은 수만이, "열광하는 매우 적은" ● 제한된 사람만이 조금은 습관이 되어 버린 탓에 오늘날에도 글을 쓴다. 요즘 세상에 작가는 수도사와도 같다. 자신이 몸담은 수도원을 위해서만, 매우 작은 고립된 세계 속에서만 고립되어 글을 쓴다. 이처럼 문학은 수행자들의 것이 되어 버렸다. 이제 문학은 소리 소문 없이 퍼지는 우아함을 찬양하는 몇몇에게만 더욱 값지고 즐거운 일일 뿐이다.

그러나 내가 말하고 싶은 문학의 주적은 이런 문제가 아니다. 이런 문제는 내가 봐서는 되레 문학의 거짓 친구들을 가려내는 데 매우 유용하다. 단지 다른 여흥거리가 없거나 시간을 때우려고 책을 읽는 사람들, 결국에 취향이라고는 찾아보기도 어렵고 딱히 적성도 맞지 않는 사람들, 좋은 문학이나 저급한 문학이나 가리지 않고 오히려 후자의 것을 더 조장하는 사람들을 떨쳐 버린다. 따라서 진정 독서를 위해 태어난 사람들이 변절하지 않도록 내버려 두리라. 내가 보기엔 따로 득을 보지 않는다 하더라도 손실 또한 있을 턱이 없다.

내가 이야기할 독서의 주적은 올바른 책 읽기를 방해하는, 독서가 매우 유익하고 즐거운 것임을 알지 못하게 하는 일련의 습관이나 경향, 버릇이다.

따라서 독서의 주적이란 바로 자기애나 소심함, 몰입이나

　　●라신의 『아탈리』에서.

비판적 정신이다.

라브뤼예르는 「정신으로 만든 작품」●라는 장에서, 올바르게 읽지 못하는 모든 방법을 설명한다. 그가 다루는 부분 하나하나 귀 기울여 들어 봄 직하다. 다음은 작중 인물 아리스트의 말이다. "신랄하게 비평받길 바라는 마음으로 나에게 내 작품을 읽어 보게 하였다. 그래서 나는 책을 읽었다. 우선 내 작품을 손에 쥔 그들은 나쁜 점을 찾는 즐거움에 빠지기 전에 차분한 어조로 작품에 관하여 칭찬을 하였다. 정작 다른 사람 앞에서는 일언반구의 말도 없었으면서 말이다. 그런 그들을 나도 이해함 직하다. 작가에게서 그 이상을 기대하는 것도 무리니까. 오히려 나는 자신이 쓰지도 않은 아름다운 문장을 들어야만 했던 그들이 참 안됐다고 생각한다."

자기애, 자기 자신을 사랑하기에 생긴 질투심은 책을 읽거나 읽는 도중에 즐거움을 느끼지 못하게 한다. 작가로서는 매우 자연스러운 감정으로 실제로 '용납할' 만하다. 이름은 생각나지 않지만 아마도 영국인이었던 이 작가는 말했다. "좋은 책을 읽고 싶을 때면 내가 그 책을 직접 쓴다." 정말이지 자신을 존중하는 데 매우 탁월하다. 이것은 아마 엄밀한 의미에서 오만도 아닐 터다. 정말 우리가 저자, 그것도 매우 좋은 저자라면 일말의 허영심도 없이 필연적으로 자기가 직접 만든 작품에만

●라브뤼예르의 『성격론』에서.

만족한다. 작가는 매우 특별한 방식으로 생각하기에 자기 생각 외의 것을 받아들이기가 거의 불가능하기 때문이다.

코르네유가 라신을 좋게 봤으리라 생각하는가? 라신은 코르네유가 언제나 외면했던 주제를 다루었고, 명백히 코르네유가 조금도 좋아하지 않는 방식의 주제로 글을 썼다. 또한 라신은 사랑을 그려 내는 데 모든 것을 바쳤지만, 코르네유는 그 같은 감정이 비극 작품을 지탱하기에는 너무 연약하다고 보았다. 그 둘의 기질은 애초에 비교 자체가 불가능하다. 코르네유는 라신이 세간의 인기를 한 몸에 받던 시절에도 『프시케』● 를 집필했다. 여기에 차마 입 밖으로 꺼내지 않았던 개인적 감상이 있는데, 나는 코르네유가 자신이 『프시케』를 썼다는 사실에 결코 만족하거나 자랑스러워하지 않았으리라 생각한다.

그리고 격앙이나 자기애가 아니라면 그 어떤 이유로 볼테르가 『신엘로이즈』나 『에밀』을 좋은 작품이라 여기겠는가? 이는 본래 다른 정신을 타고난 사람에게는 불가능한 일이다. 작가에게는 동료 작가들이 쓴 작품에 감탄은커녕 그 작품을 맛보지도 않으려는 온갖 종류의 이유가 있다. 자기애는 그중 하나일 뿐이며 말은 하지 않겠지만 본인의 나약함 또한 그 원

●몰리에르와의 합작. 몰리에르가 산문으로 처음 글을 쓰고 코르네유가 글 대부분을 운문으로 바꿨다. 본문에서 프시케를 언급하는 이유는 당시 루이 14세가 지옥을 그리는 가장 훌륭한 연극을 보고 싶다고 하여 라신은 오르페우스를 주제로, 몰리에르와 코르네유는 프시케를 주제로 내세웠다. 결국 왕은 『프시케』를 선택하여 1671년 처음 상연하였다.

인이 될 수 있다.

— 그러나 작가가 아니므로 책 읽기를, 올바른 독서를 방해할 자기애가 우리에게는 없지 않은가?

— 있고말고! 어떤 작가를 적으로 여겨 본 적이 없는가? 언제나 그럴 수 있으며 그런 생각에는 언제든 어느 정도 진실이 담겨 있다.

만약에 작가가 도덕주의자임을 자처한다면, 그는 당연하다는 듯이 독자를 비웃을 권리를 내세울 것이며, 독자는 언제나 그 사실을 암암리에 눈치챌 것이다. 또한 작가가 이상주의자라면 주인공이 덕과 용기를 갖춘 거룩한 영혼의 소유자임을 선보이고, 그 자신도 그러하다고 생각한다. 그렇게 생각하지 않더라도 우리 눈에는 그렇게 보이는데, 바로 작가가 그러한 덕목을 이해할 수 있는 사람이기 때문이다. 주인공을 묘사하고자 한다면 가장 이상적인 모습으로 묘사하고자 한다. 그리고 언제나, 아니 적어도 어떤 순간 자신에게 그 이상을 현실화할 힘이 있다고 믿는다. 누구나 이런 생각을 하기 마련이다. 그러므로 작가가 주인공을 내세운다는 것은 자기 자신을 주인공으로 내보인다는 말이다. 이런 우월감은 많은 독자에게 정말이지 참기 어려운 일이 아닐 수 없다. 그저 순진한 독자라면 "옥타브 푀예●는 정말 아름다운 심성의 소유자구나."라고 말하며 그에게 반해 버릴지도 모르겠다. 그리고 발단은 같으나 자기애에 심취한 독자들은 옥타브 푀예에게 반발하여 불평을 늘어놓을 것이다. "이 작가는 굳이 애써서 나보다 더 세련된 것처럼 보이려 하는군. 이 오만함이란!"

이렇게 해서 자기애에 큰 상처를 남기고 모임에서 자신보다 큰 성공을 얻은 다른 사람에게 질투심이 샘솟는다.

반대로 사실주의 작가는 '감동'을 선사한다. 17세기에 그랬던 것처럼 작가는 상처를 준다기보다 우리 자신일 수도 있을 법한 우스꽝스러운 사람을 묘사함으로써 불안을 안겨 준다. 플로베르가 오매●●를 어떻게 조롱하고 있는지 아는 독자들은 말한다. "반교권주의자라고 놀려 대다니, 그렇게 설득력 있지는 않군. 어쨌거나 나도 반교권주의자지만 내가 우스꽝스럽지는 않지. 이 작가는 올바르게 쓰긴 했지만 적절하지는 않아." 이렇듯 자기애가 깨어나서 자기 자신을 보호하려 든다.

그리고 어떤 경우든 간에 작가라면 평등에 대해 자기가 마음속 깊이 간직한 감정 때문에 남에게 상처를 입히기 마련이다. 작가란 한 무리에서 벗어나서 다른 사람들이 자신을 보고 감탄하게 만들거나, 적어도 남의 이목을 집중시켜 즐겁게 하

●19세기 프랑스 작가로 많은 연극 작품을 남겼다.

●●『보바리 부인』에 나오는 약사.

는 사람이다. 이는 거드름을 피우기 위함이 아니다. 작가는 한 모임에서 대화를 이끄는 사람이기에 함께 모이면 스스로 벽난로 쪽으로 이동한다. 기지가 뛰어난 그는 다른 이들에게 양해를 구하면서 벽난로로 몸을 옮기는 것이다. 처음에는 다들 적대적인 감정이다. 작가는 언제나 이 감정을 극복해야만 한다. 그러고 나서야 다른 일들을 해결할 수 있다.

깊게 들여다보면 많은 독자는 신문 3면에나 실릴 기사를 쓰는 기자들 정도나 용인한다. 그들은 결코 무언가를 창조해 낸다거나 구상한다고 뻐기거나 제 문체를 자랑하지도 않는다. 그들은 우리에게 유익한 정보를 전달한다. 얼마나 좋은 작가인가? 그들은 중심에 서려고 하지 않는다. 남들보다 우월한 사람이라는 기색도 전혀 내비치지 않는다. 슬며시 감탄해 주길 바라지도 않는다. 어떠한 질투심도 가질 필요가 없다. 정말 좋은 작가라 하겠다. 민주주의 사회에서는 이런 작가 외에 기어코 그 누구도 받아들이지 않을 것이다.

실상을 들여다보면 우리는 권태로워야만 굳이 자신을 희생해 가며 책을 펼치는 굴욕을 맛본다. 책에 담긴 생각에 자족하고, 다른 것들과 매한가지로 이 생각 또한 가치 있으리라 여기게 된다. 독서란 권태로움이 자기애를 물리치고 승리를 거머쥐는 행위다.

이럴 때 작가는 항상 약간은 적과 같은 성격을 띠며 우리의 자기애를 떨쳐 낼 수 있어야 한다. 바로 그러하기에 자기애가 독서의 적인 것인데, 작가가 자기애를 가져서도 안 되겠으며 다른 사람이 그런다면 더욱 끔찍하겠다. 라브뤼예르를 계속 읽어 보자. 그는 무엇이 관건인지 알고 있다. 책을 만들어 본 사람으로서, 그는 자기 책이 읽히길 소망한다. 그리고 무엇보다 그는 왜 우리가 조금도 읽지 않으려는지, 왜 틀리게 읽으려는지 그 이유를 파악했다. "작가를 질투하지 않을 수 있는 사람들은 무언가 결핍되었거나 과도한 열정이 있기 때문이다. 그래서 그들은 생각을 다른 쪽으로 돌리거나 타인을 받아들이는 데 냉정할 수 있다. 사람들은 대부분 자신의 자산이나 정신 또는 마음이 지향하는 바가 있기에, 한 작품을 완성하면서 얻는 즐거움에 자기 자신을 완전히 내맡기지 못한다."

　독서에서 적이란 인생 그 자체다. 삶은 책을 읽기에 알맞지 않다. 인생이 관조나 성찰에 어울리지 않기 때문이다. 야심, 사랑, 탐욕, 증오, 개중에서도 특히 정치적 증오, 질투, 경쟁, 각각의 분쟁, 이 모든 것이 삶을 뒤흔들고 폭력적으로 만들며, 미지의 무언가를 읽을 생각에서 멀어지게 한다. 시인 샤를 위베르 밀부아는 어린 시절 서점에서 일했다. 어느 날 그는 사장이 "이봐, 자네 책을 읽는군. 자네는 결코 좋은 서적상이 될 수 없을 걸세."라고 말하자 놀랐다. 사장의 말은 옳았다. 책을 읽는 사람에게 과도한 열정이란 없다. 그것은 일종의 낙인으로, 이런 사람은 자기 직업에 대한 정열도 없다. 책을 파는 일이 제 직업이라 할지라도 말이다.

부모는 대부분 자식의 독서 취향을 썩 달가워하지 않는다. 소녀들이 어느 날 소설을 읽는다면 이것은 적신호다. 그도 그럴 것이, 소설을 읽기 시작한 후에 그들이 다른 책들은 거의 거들떠보지도 않기 때문이다. 반면 소년들에게라면 좋을 수도 있겠으나 여전히 불안한 측면은 남아 있다. 우리에게는 하나의 입장을 취하기 위한 시간이 너무도 부족하다. "책은 나중에 늙어서 읽으렴. 세상살이에서 한 발 물러서고 나서 말이야." 이 말은 상식선에서 어느 정도 타당한 구석이 있다. 책을 읽는 사람은 야심 차지 못한 인물이란 낙인이 찍힌 것으로 그는 "천벌이나 인간의 굴레"● 때문에 번민하지 않는다. 정치에 대한 열정도 없어 그저 신문을 들춰 볼 따름이며, 밖에 나가 즐기는 저녁도, 무언가를 세우고자 하는 열정도, 장소가 변함에 따라 생기는 두려움도 없다. 그는 심지어 이야기하는 것조차 좋아하지 않는다. 프랑스인들은 끔찍할 정도로 많은 시간을, 특히나 아무것도 아닌 이야기에, 즉 대화 자체의 환희에

●『호메로스 찬가』「헤르메스」편에 나오는 문구. 호메로스의 언어에 충실하다는 이유로 작가 미상의 고대 그리스 찬가집에 『호메로스 찬가』라는 이름을 붙였다. 총 33편으로 이루어져 고대 그리스의 신들을 찬양한다.

젖어 보내고 있다. 그 시간이면 하루에 책 한 권을 보기에도 충분하겠으나, 사람들은 일 년에 한 권 보는 데도 인색하다.

책을 읽는 사람에게는 수다라는 국민적 열정도 존재하지 않는다. 과도한 열정이란 본디 책을 읽는 사람에게 있지도 않으며 가져서도 안 될 것이기에.

책 읽는 삶을 영유하지 못하도록 방해하는 태도를 딱 하나 꼽아 보려면 라브뤼예르로 대표되는 경우를 살피면 된다. 그는 자신이 극복해야 할 장애물이나 특정 사람들을 겁냈다. 왜냐하면 그 특정 사람들은 책을 읽기 위해서가 아니라 책을 펼치는 게 불가능하지 않은 상태로만 남아 있으려 했기 때문이다.

또 다른 난관은 바로 소심함이다. 소심함 또한 하나의 열정이다. 라브뤼예르는 이 점에 대해서는 간접적으로밖에 언급하지 않았다. 그는 소심함이 책을 읽는 데 걸림돌이 된다고 말하지 않고 책을 인정하는 데에 걸림돌이 된다고 말했다. "많은 사람이 남이 읽어 주기 전에는 책의 가치를 알려 들지 않는다. 자신의 취향에 따라 판단하지 못하기에 그 책이 인쇄돼서 세상에 어떤 반응을 얻는지, 책 좀 읽는다 하는 사람들에게 어떤 평을 받는지를 기다려야 한다. 자신이 직접 책의 가치를 평가하려는 위험을 무릅쓰려고 하지 않고 그저 많은 이를 따르고 유행을 좇을 뿐이다. 그러고서 그들은 자신이 이 작품을 처음으로 인정한 사람이었으며 대중이 자신의 의견을 따랐다고 말한다."

아무도 자기 의견을 내려는 용기를 보이지 않으면 결국 제아무리 좋은 작품이라도 곧장 성공을 보장받지 못할 수 있다. 물론 독자들이 소심한 이유가 작품에 진정 읽을 만한 가치가 없어서일 수도 있지만 말이다. 실제로 자신이 지닌 어떤 종류의 소심함 탓인지 언제나 뒤늦게 책을 읽는 독자들이 있다. 그들은 단순히 책의 진가를 인정하기 위해서가 아니라 정말로 읽기 위해 다른 사람들이 책에 대한 평가를 마치기를 기다린다. 책뿐만 아니라 작가도 마찬가지다. 한 권이 되었든 여러 권이 되었든 간에 많은 사람은, 한 작가의 작품을 그 사람이 만인의 인정을 받은 위대한 작가이거나, 아카데미 프랑세즈● 회원으로 임명받아야만 보려고 한다. 또는 아주 같지는 않더라도, 작가가 죽은 후에야 책을 읽는 사람들도 있다. 이런 사후 독자 또한 그 수가 매우 많다.

따라서 이러한 독자는 격정이나 열의, 정열, 진정한 쾌감을 알지 못한다. 책의 진가를 발견하는 게 독서의 가장 큰 기쁨 중 하나임을 모를뿐더러 그들은 지속 가능한, 책이 책으로 존재하고 심지어 책이 불멸하는 시간 속에서만 읽고자 한다. 그

●1635년 루이 13세 집권기에 프랑스어의 규범화와 완벽을 기하기 위해 만들어졌다. 당대 최고의 작가 외에도 최고의 군인과 정치가를 회원으로 받아들이는데, 종신제로 그 수가 사십을 넘지 않는다. 이 책의 작가 파게 역시 회원 중 하나였다.

시간 속에는 새로움도, 풋풋함도, 솜털 같은 보슬보슬함도, 그 책을 탄생케 하지는 않았더라도 만들어지는 데 일조하고 부분적으로나마 책의 특색을 정하는 데 이바지한 문맥을 살피려는 마음도 없다. 케케묵은 책을 읽는 즐거움이란 항상 조금은 여려져 있기 마련이다.

매우 오래된 책을 읽을 때에는 그 정도가 더욱 심하다. 그 책은 분명 동떨어진 시대의 것이기에 고풍스럽기 그지없다. 그래서 온전하게 재미를 느낄 수도, 그렇기에 더욱 재밌을 수도 있다. 유행과도 같다. 이십 년 전의 유행이 우스꽝스러운 게 아니다. 우스꽝스러운 유행은 바로 이 년 전의 것이다. 이십 년 전은 오래된 것이지만 이 년 전은 **구식**의 케케묵은 것이다. 전자는 이미 역사에 들어섰지만 후자는 아직 그러지 못한 상태로 쓸모에서 벗어나 있다. 우스꽝스럽다는 건 스스로에게서 비롯된 것이다. 여전히 쓸모 있음을 내보이려 하나 실은 이미 자신의 쓸모를 벗어났다. 이미 십 년이 지난 책이라도 아직 오십 년이 채 되지 않았기에 좋게 보이지 못하는 책도 있다. 우리는 모든 위대한 작가들이 죽은 후 몇 년은 저평가되는 것을 볼 수 있다. 당시를 살아가는 사람들의 눈에는 이제 막 사라진 작가는 구닥다리로만 보인다. 작가의 방식은 조금 낡아 빠져 지긋지긋할 뿐이다. 그러나 몇 년이 지나고 작가는 자신이 있어야 할, 약간의 차이는 있을지언정 그에 가까운 자리를 찾게 된다. 그리고 그 자리는 확고해져 더는 변하지 않는다. 내가 어렸을 적에, 즉 1848년에서 이십 년이 지났을 때 샤토브리앙은 우스꽝스러웠다. 그가 왕위를 되찾은 것은 1875년쯤이었고 그 뒤로 그는 자신의 자리를 지켰다.

따라서 늦깎이 독자는 위험하다. 일련의 환멸을 맛볼 각오를 해야 하며 언제나 이미 온기가 날아가 차갑게 식은 상태에 있는 저자를 읽게 된다. "빨리 이 약을 먹이시길, 환자가 낫고 있는 동안에 말이오." 의사의 이런 말은 그가 회의적이어서가 아니라 치료라는 게 실제 무엇인지, 그것이 특히 일종의 암시임을 매우 정확하게 알고 있기 때문이다. "작가를 읽으시길. 그가 좋은 작가로 있는 동안에." 하고 나는 말할 것이다. 시간이 지나고 그는 나쁜 작가가 되고 또 더 시간이 지나면 다시 좋은 작가가 될 수도 있겠다. 그러나 그러면 책을 읽으려던 우리 자신이 더는 이 세상에 없을 것이다. 작가와 흥정할 셈으로 기다리지 마라. 그러는 동안 작가는 조악해져 있을 것이다.

늦깎이 독자가 보이는 이 같은 소심함은 독서의 즐거움을 맛보는 데 크나큰 적 중 하나다.

더욱 문제가 되는 적은 비판적 정신인데, 물론 특정한 의미에서 그렇다는 말이다. 내가 무엇을 말하려는지를 올바로 이해하려면 잠시만 기다려 보길 바란다. 원하지 않더라도 어쩔 수 없이 여기서는 천천히 가야 하리라.

라브뤼예르가 쓴 다음 문장 한 줄은 오늘날 우리가 이해하는 바대로라면 세상에서 가장 거짓된 말이겠으나, 그 자신이 듣던 방식대로라면 매우 정확했음이 틀림없다. "비평의 즐거움은 진정으로 아름다운 것에 우리가 감동하는 즐거움을 앗아가 버린다." 분명히 그 반대라고 우리 시대 사람이라면 즉각 대답할 것이다. 어떻게 라브뤼예르는 이런 말을 쓸 수 있었을까? 하물며 부알로가 살아 있었는데도 말이다. 부알로가 누구보다 가장 '생생하게' 라신의 아름다움에 '감동'받았다면, 그것은 분명히 자신이 비평가였고 아름다움을 즐겼을 뿐만 아니라 무엇보다도 조악함에 치를 떨었기 때문이다. 생트뵈브보다 더 생생하게 더 열정적으로 아름다움을 만끽할 수 있던 사람이 있겠는가? 그는 어떻게 그럴 수 있었을까? 수많은 성찰이 깃든 독서로 자신의 비판적 안목을 가다듬었기 때문이고 언제나 비판적으로 읽었기 때문이다. 비판이란 계속해서 정신을 운동시켜 주는 행위다. 이는 우리 정신에게 무엇이 거짓이고 취약하며 형편없고 조악한지를 파악할 수 있게 해준다. 또한 거짓이고 취약하고 형편없고 조악한 것들과 그 덕분에 알게 될 진짜고 아름다운 것들에, 그리고 비판하는 연습

없이는 얻지 못할 한없이 진실하고 아름다운 것들에 예민하게 반응할 수 있도록 해 준다.

독자가 비판적으로 책을 읽지 않으면 올바르고 좋은 정신의 소유자라 해도 조금도 책과 감응할 수 없다. 라신과 캉피스트롱, 루소와 디드로 그리고 디드로와 시인 엘베티우스 사이의 극단적 차이를 구별해 내지 못한다. 이런 독자는 한 작가의 서로 다른 작품인 『인간 혐오자』와 『강제 결혼』의 차이를 구분하지 못한다. 그에게 독서란 수동적인 즐거움, 좀 더 잘 말해도 단일한 즐거움만 있어 사건도, 상승도, 하강도, 대단한 감정도, 감격에 마지못한 격정도 없다. 한마디로 말해서 생생한 자극도, 아무런 감정도 없다.

비판적으로 책을 읽는 사람은 시시하거나 어중간한 수준의 만족이 주는 진솔함을 포기한다. 따라서 그 대가를 치르게 된다. 여기에서 오는 상실에 대한 보상으로 그는 빼어난 작품을 발견할 때 맛볼 빼어난 즐거움을 마련한다. 그가 포기하는 것은 '최고의 아름다움'이 아니다. 그는 최고의 아름다움을 발견하면 그에 대한 애정과 감사의 마음으로 비명을 내지르며 처음부터 다른 것들과 분리하여 따로 간직한다.

엄밀히 말하자면 비평가만이 즐거움을 누린다고 말해서도, 비평가만이 그 즐거움을 생생하게 느낄 수 있다고 봐서도 안 된다. 비판적 독자는 방어구로 자신을 무장한 사람이다. 그는 어딘가에 갇히는 법이 없고, 단번에 쉽게 구속당하지도 않는다. 그러나 오히려 그 탓에 진정 매력에 빠져들면 즐거움에 취해 자신의 갑옷을 벗어 던진다.

그렇다고 해서 독자가 우선 단단히 방어 태세를 취해야 한다거나 유명 배우를 보는 관중인 양 자리에서 벌떡 일어나기를 요구하는 것은(이 점에 관한 니체의 지적은 매우 뛰어나다) 아니다. 무엇보다도 우선 우리는 자기 자신을 내맡길 수 있어야 한다. 내맡길 수 있기를 바라고, 또한 올바른 방법으로 내맡겨야 한다. 니체는 매우 정확히 말한다. "예술 기법으로서의 사랑. ― 사람이든 사건이든 책이든 무언가 새로운 것을 진정 알고자 하는 사람이라면, 가능한 한 최대한 사랑을 담아 새로움을 받아들이고, 어떤 것이든지 자신에게 적대적이거나 충격적이거나 틀렸다면 재빨리 눈을 돌리고 그저 잊어버리는 것이 좋다. 따라서 가령 한 책의 저자를 맨 앞에 내세우고자 한다면 우선, 즉시 달리기 경주에서처럼 두근거리는 마음으로 그가 목적을 달성하기를 기원한다. 우리는 실제로 이러한 방식으로 대상의 심장부까지, 감동의 지점까지 들어갈 수 있다. 바로 이것이 배우려는 자세다." ●

●파게가 인용한 니체 번역은 당시 '그리스어를 프랑스에서 가장 잘 아는' 데루소가 1899년에서 1902년까지 번역한 판본이었다. 니체가 『인간적인, 너무도 인간적인』을 1878년에 출간했고 파게의 이 책은 1912년에 출간되었

그 어떤 것도 이보다 정확하거나 확실하지 못하리라. 언제나 처음에는 공감할 수 있어야 한다. 공감해야만 우리는 작품에 들어갈 수 있다. 그리고 니체는 다음을 덧붙인다. "우선 이 상태에 이르면, 이성은 제한을 두려고 한다. 이처럼 지나치게 높은 평가, 즉 비판의 추를 순간적으로 멈춰 세우는 행위는 하나의 기법으로, 어떤 대상의 영혼을 꾀어내기 위함이다."

따라서 우선 단단히 무장한 독자가 돼야 한다. 이해하고자할 때는 올바른 방법으로 자신의 무장을 해제하고, 토론할 수 있도록 다시 갑옷을 입을 수 있어야 하며, 최종적으로 비판적검토 아래, 작품이 지닌 진실과 아름다움에 애당초 토론이 불필요했음이 입증됐을 때 다시 자신의 갑옷을 내려놔야 한다.

이 모든 것을 고려한다면 결국 비판적 독서를 할 수 있어야한다. 어떤 의미에서건 간에 말마따나 오롯이 비판적인 방법을 토대로 해야만 한다. 반대로 작가 자신의 비판적 영혼도 마찬가지다. 작가는 비판적 정신을 가져야 하며, 독자에게 관찰이 필요하듯 같은 방법과 같은 방식으로 비판적 정신을 발휘해야 한다. 이 지점에서 니체가 실수를 저질렀음이 보인다. 그는 예술가라면 결코 비판적이지 말아야 한다고 생각한 것처럼 보인다. "……그것이 바로 예술가와 단지 영향 잘 받는 문외한을 판가름해 준다. 후자는 받아들이는 자신의 감수성으

다. 니체는 1900년에 죽었는데 이미 니체를 인정하고 그를 동시대에 받아들일 수 있는 비평가의 안목이 새삼 놀랍다.

로 절정에 달한다. 반면 전자는 남에게 수여함으로써 그 절정에 달한다. 서로 다른 이 두 성질의 길항 작용은 자연스러울 뿐만 아니라 매우 바람직하다. 각각에는 서로 반대되는 관점이 있다. 예술가가 무언가를 주장하려 한다면 거기에는 관중의 관점, 비평가의 관점이 작용하기 때문이다. 이때 주장은 자신의 창작 능력을 빈곤하게 만드는 것으로 한 사람에게 자신과 다른 성별을 요구하는 행위와도 같다. 무언가를 수여하려는 예술가에게 여자로 변해 보라든지 무언가를 받아들이라고 요구해서는 안 된다. 우리의 심미관은 이제까지 여성적일 뿐이었다. 여성적이라 하면 바로 예술을 받아들이려는 사람들이 아름다움이라는 주제로 자신의 경험을 표현하려고 했음을 말한다. 앞서 보여 주었듯 이럴 때엔 필연적으로 문제가 있기 마련이다. 이것은 예술가의 잘못이다. 예술가가 이해하려 든다면 결국 잘못 생각하게 되므로 다시 뒤돌아봐서는 안 되겠다. 조금도 다시 볼 필요가 없고 그저 내줘야 한다. 예술가의 영예란 바로 이런 것으로, 조금도 비판하려야 비판할 수가 없다. 이도 저도 아닌 어정쩡한 상태로 머물지 않는 그는 그러므로 현대적이다." '현대적'이라는 속성으로 니체가 이해하는 예술가란 정확히 말해 매우 지적이고 비판적인 사람으로, 자신의 예술을 논증하고 감시하여 정확히 자신이 하고자 하는 바를 실천한다. 이러한 유형의 사람이 내게는 베르길리우스나 라신, 니체에게는 에우리피데스나 타당한 이유로 독일 극작가 레싱인데, 그들에 관해 니체는 자신만의 독특한 통찰력을 발휘한다.

　"에우리피데스는 자신을 대중보다는 뛰어나지만, 두 명의 관객보다는 뛰어나지 못한 시인으로 느꼈다. ― 이것이 방금 서술한 수수께끼의 해답이다. (그는 대중을 무대 위로 올렸으나, 그 두 관객을 자신의 모든 예술을 유일하게 판단할 수 있는 판관이자 스승으로 숭배했다. 그들의 지침과 훈계를 따라서, 그때까지만 해도 제전 공연마다 관객석 ― 눈에 띄지 않는 가무단 ― 에 있었던 감정·열정·경험의 세계 전반을 이제 자신의 주인공들의 영혼에 이입하였으며, 그 새로운 성격들을 위한 새로운 말과 새로운 음을 탐색할 때 그들[두 관객]의 요구에 굴복하여,) 관중의 사법司法에 거듭 판결받는 자신을 볼 때마다 오직 두 관객의 음성에서만 자신의 작품에 대한 타당한 판결문을, 승리를 기약하는 격려의 소리를 들었다.

　두 관객 중 한 사람은 ― 에우리피데스 자신, 시인이 아니라 사상가로서의 에우리피데스이다. 그의 대단히 넘쳐나는 비평적 재능은, 레싱의 경우와 유사하게, 생산적인 예술가적 보조 충동을 낳지는 못했을지라도 지속적으로 수태시켰다고는 할 수 있을 것이다. 에우리피데스는 이 재능에다 (자신의 비평적 사상의 밝기와 기민함을 총동원하여) 극장에 앉아서, (희미해져 버린 초상화와도 같은) 위대한 선구자들의 걸작에서 (필치 하나하나, 선 하나하나를 다시 인식하려고) 애썼다. 그리고 이제 그는 (한층 깊은 아이스킬로스 비극의) 비의에 입교한 자가 예감했을 법한 그 무엇과 마주치게 되었다. (그는 하나하나의 필치와 하나하나의 선에서 뭔가 측정 불가능한 것, 모종의 미혹적인 규정성, 수수께끼 같은 심층, 그렇다, 배경의 무한성을 알아보았다. 가장 선명한 형상도 언제나 막막함과 막연함을 암시하는 듯한 혜성의 꼬리를 달고 있었다. 이 같은 실오라기 빛이 드라마의 건물 위로, 더 나아가 가무단의 의미 위로 비치고 있었다. 그러니 그로서는 윤리적 문제의 해결이란 얼마나 의심스러웠겠는가! 신화를 다루는 방식이 얼마나 의뭉스러웠겠는가! 행과 불행의 배분이 얼마나 불균등했겠는가!) 이전 비극의 언어에서도 그에게는 수많은 면이 불쾌했으며, 적어도 수수께끼였다. (특히 그는 단순한 관계 대신에 지나친 호화스러움을, 성격들의 간명함 대신에 지나친 수사법과 괴이한 면들을 발견했다. 그렇게 극장에 앉아 가만있질 못하고 골몰하면서, 그 관객으로서 그는 자신의 위대한 선구자들을 이해하지 못하겠다고 자인했다. 그러나 지성이 모든 향유와 창작의 진정한 뿌리로 여겨질 때면, 그는 자신처럼 생각하는 자, 동시에 저 불가해함을 고백하는 자는 과연 없는가 하는 물음을 던지고 주위를 둘러보았다. 그러나 운집한 자들 그리고 그들과 더불어 최고의 자들이 저마다 그를 향해 그저 불신의 웃음만을 지을 뿐, 어느 누구도 위대한 대가들에 대한 자신의 생각과 이의가 왜 정당한가를 설명해 주지 못했다.) 그리고 이 괴로운 상태에서 그는 다른 관객(소크라테스), 즉 비극을 파악하지도 못했으며 그래서 존중하지 않았던 관객을 찾아냈다. 이 관객과 동맹하여, 그는 외로움을 떨쳐내고 아이스킬로스와 소포클레스의 예술 작품에 대항하는 투쟁을 과감하게 시작할 수 있었다.(— 반박 논문을 쓴 것이 아니라, 비극에 관한 자신의 관념을 가지고 전승된 비극에 맞서는 극 시인으로서. —)" ●

자각하는 시인이란 즉 이해하는 시인, 분석하는 시인, 비평가의 자질을 지니고 자기가 하고자 했던 바를 정확하게 해낼 수 있는 시인이다. 니체는 이런 시인을 좋아하지 않았음이 틀림없다. 니체는 이런 유형의 시인을 천부적 직관에 따라 결코 뒤돌아보지도, 그 어느 것을 바라보지도 않을 위대한 시인으

● 니체의 『비극의 탄생』 11장에 나오는 대목. 책에서 파게가 생략한 부분은 괄호로 묶어서 함께 밝혔다. 인용문의 번역은 역자가 『비극의 탄생』의 여러 번역 중 가장 성실하다고 판단하는 블로거 고싱가의 번역을 이해를 위해 일부 수정했다. 고싱가 사이트(www.gosinga.net)에서 『비극의 탄생』과 『차라투스트라는 이렇게 말했다』의 탁월한 번역을 맛볼 수 있다.

로 보지 않았다. 그러나 이 시인이 결국 비평적인 재능이 흘러넘쳐 창작을 하지는 못했지만 창작 예술가적인 부수 충동을 부단히 품고 있었다고 말해도 될 것임을 받아들였다. 따라서 시인은 가끔 비평가의 역할, 즉 시인이 원하는 바를 분명히 밝히고 시인이 원하는 것에 대해 "당신이 막연히 원하는 게 명확히 이런 것입니다. 이것을 원했지요."라고 주의를 환기하는 역할도 겸하고 있다. 이 작업에는 또한 예술가의 작업을 감시하고, 예술가가 원하거나 원했던 대로 행하지 않았을 때 경고하는 일도 뒤따른다.

마지막으로 언급한 비판적 작업 또한 시인은 겸하고 있다. 내 생각으론 언제나 그러하다. 우리는 빅토르 위고가 비판력이 부족하다는 의혹을 품고 있으나, 이는 사실이 아니다. 왜냐하면 그는 언제나 혁신을 거듭했을 뿐더러 그의 원고를 살펴보면 그 결과가 언제나 더욱 좋았음을 증명할 수 있기 때문이다.

진정한 시인은 비평가와 일치된, 비평가와 함께 작업하는 시인이다.

그들이 함께 일한다고 해서 동시에 일하는 것일까? 전혀 그렇지 않으며 그럴 수도 없다. 된다 치더라도 예술가로 작업하고 나서 비평가로 개입하기에, "예술가는 자신의 창작 능력을 빈약하게 할 것"이라는 니체의 말은 더할 나위 없이 옳다. 아닐 경우에 예술가는 작업을 진행하면서 자신의 창작 능력에 자기 자신을 내던지기에, 자기 배후나 그 어느 곳도 바라보지 않고 '수여'하게 된다. 옛 프랑스어에서는 '수여'라는 단어에서 맹렬하게 앞으로 걸어간다는 매우 놀라운 뜻도 찾아볼 수 있다. 그러나 그 후에 비평가는 개입하고, 판단하고, 대조하고, 논증하며, 예술가에게 하고자 원했던 것과 한 것을 구분하기를 강제하고, 다시 퇴고하고 고친 내용을 판단하고, 따라서 자기 자신이 인정할 수 있게 하며, 결국엔 자신이 최종적으로 다다른 진실이나 아름다움 앞에 탄복하게 한다.

반면 상황이 이럴진대 독자로서의 행보가 시인으로서의 행보와 일치하는 우연이 보이지 않는가? 그 둘은 매한가지다. 독자는 우선 저자에게 본능적으로나 의식적으로, 공감할 수 있도록 자기 자신을 내던져야 한다. 시인도 자신의 영감에, 자신의 시적 감흥에, 자신을 믿음에, 예술가로서의 자신에게 공감하는 데에 자기 자신을 내던져야 한다. 이후에 독자에게는 자아비판과 논증·대조·판단·토론이, 작가에게는 자아비판과 저 자신의 독자적 각성·관찰·대조·논증·토론·판단이 뒤따라야 한다. 그리고 마지막으로 독자는 작가가 공감과 비판적 차원에서 성공한 대목이 있다면 그에 감탄해야 하며, 작가는 그러한 믿음과 사랑에 납득할 만한 것이 있다면, 또는 그 비판적 안목에 힘입어 통제하고 바로잡은 부분이 있다면 인정해야 할 뿐 아니라 나아가 감탄할 수 있어야 한다.

믿음, 비판, 감탄. 이렇게 세 단계가 있는데, 실제로는 **동일한 것으로** 독자와 작가는 누구는 온전한 감탄에, 누구든지 진실이나 아름다움에 도달하기 위해서라면 각각의 단계를 연이어 건너야만 한다.

이 모든 것이 사실이라면 **예술 작품**에 **비판**은 언제나 함께하며 그 이유는 아름다움을 포획하기 위해서만이 아니라 창조하기 위함이며, 따라서 작가가 그러하듯 독자 역시 비판적이어야 할 것이고, 그렇기 때문에 독자가 비판적일 수 있도록 시인 또한 그래야 하지 않을까? 그리고 작가 자신이 비판적이라면 니체가 고백했듯 두말할 것도 없이 독자도 자신의 가장 큰 기쁨인 지적 감탄, 의식적 감탄, 자신이 왜 감탄하는지 아는 감탄을 위해서 비판적이어야 하지 않겠는가?

그렇다면 라브뤼예르의 말은 무엇이 되는가? 그는 완전히 틀렸다.

요즘 사람들이 쓰는 의미에서 '비판'이라는 단어를 사용하여 말한다면 말이다.

단 하나 매우 가능성 높은 추측은 라브뤼예르 자신이 그러한 의미로 단어를 사용하지 않았을 수 있다는 것이다. 당대에 '비판적 정신'은 대개 비방하는 정신, 적어도 불만스러운 정신을 뜻했다. 부알로가 "누가 말하길, 저 비판적 정신을 조심하시오."라고 말했을 때, 우리는 그가 풍자하는 사람을 조심하라고 말하고자 했음을 감지한다. 라퐁텐이 그의 우화 「까다로운 취향의 사람에 대해」에서 비판이라는 단어를 썼을 때도, 몰리에르가 "비판만 일삼는 위선자는 …… 열광 어린 비판을 제 뜻대로 다스리기 때문에 그렇다."라고 말했을 때에도 같은 의미다. 따라서 라브뤼예르가 그와 같은 의미로 단어를 사용했다면 그는 옳다. 아름다운 대상을 만끽하기를 방해하는 게 바로 조악하게 바라보고자 하는 욕망임은 더할 나위 없이 명백하다.

그 욕망은 매우 자연스러운 것이다. 앞서 말한 우월함 앞에서 생기는 초조한 마음을 제외하더라도, 조롱하려는 본능은 논쟁하려는 본능의 하나의 형태로 인간성의 한 극단을 보여준다. 이 부분에 관해 나는 볼테르와는 조금 다른 견해를 내놓는다. 포코퀴랑트●를 떠나면서 캉디드●●는 마르탱에게 말한다.●●● "세상 그 누구보다 행복한 사람이로군. 자신이 가진 모든 것들을 넘어섰으니 말이야." 그리고 마르탱은 말한다.

●등장인물의 이름이지만 무관심하다는 형용사로도 쓰인다.
●●등장인물의 이름이지만 순진하다는 형용사로도 쓰인다.
●●●『캉디드 혹은 낙관주의』에 나오는 대화다.

"자신이 가진 모든 것에 그가 싫증 난 것이 보이지 않습니까? 플라톤은 옛날에 모든 자양분을 역겨워하지 않고 다 섭취할 수 있는 훌륭한 위장의 소유자들이 있었다고 말했습니다." 그러자 캉디드가 반문한다. "그렇다면 비판하는, 다른 사람들이 아름답다고 생각하는 데서 결함을 탐지하는 즐거움은 없습니까?" 마르탱이 이어받는다. "그러니까 즐거움을 얻지 못하는 즐거움도 있다는 말입니까?"

근본적으로 나는 마르탱의 의견에 매우 동의한다. 그러나 즐거움을 얻지 못하는 즐거움이 없다는 말은 틀렸다. 그러한 즐거움은 있다. 그 누구의 의견에도 동의하지 않았을 때 경험하는 기쁨은 분명 있다. 그것은 우선 자신이 스스로 우월하다는 생각을 증명해 준다. "그런 작품에 다른 사람들이 감탄한들 그건 그네들의 문제고, 그 작품이 쓰여 그들에게는 다행이야. 그들 수준에, 그들 눈높이에 딱 맞아. 하지만 나는……."

언젠가 내 친구 하나가 『동백꽃 아가씨』● 벽보가 걸린 것을 보고는 지팡이 끝으로 가리키며 "이건 정말 아름다운 작품이라고!"라고 말했을 때의 태도가 여전히 기억에 남아 있다. 그 말은 '확언하건대 너는 꽤 속물이라 이런 것을 아름답다고 여기지 않느냐?'라는 의미였다. 그렇다고 그가 작품을 즐기지

●알렉상드르 뒤마 피스가 쓴 작품으로 한국에는 『춘희』라는 제목으로도 알려졌다. 이 작품은 후에 베르디의 오페라 『라 트라비아타』는 물론 수많은 다른 작품에 영향을 끼쳤다.

않았다고 생각하는가? 그는 영혼 깊숙이 작품을 즐겼다.

사람에게는 공격하는 즐거움이며 도발하는 즐거움, 즉 투쟁 본능이 있다. 누구나 항상 정치적으로 반대 의견만 내세우는 사람을 잘 알 것이다. 그는 인정하기를 좋아하지 않는 사람이다. 인정하기를 좋아하지 않는 이유는 바로 그가 논쟁을, 반론을, 도발을, 결투를, 적대적 시선을 찾게 만드는 적대적 시선을 좋아하기 때문이다. 불평은 결국 불평하고자 하는 욕구를 말한다. 문학에서 이런 무관심주의자는 불평분자로, 그는 무엇보다 주위 사람들이 자신의 불평 때문에 불만스럽기를 바라 마지않는다. 여러 사람이 주위 사람이 인상을 찌푸리고 그렇게 있는 것을 보며 행복해하는 사람이 있는데, 바로 그가 그것을 원하기 때문이다. 그것은 일종의 힘에의 의지意志다.

마지막으로 특히 무관심주의는 자신이 속지 않았음을 증명하려는 욕구일 것이다. 정직한 사람이 협잡꾼의 잔꾀를 명확히 바라보고 계략에 빠지지 않았음에 만족하는 것도, 무관심주의자가 예술가나 작가, 시인 그리고 예쁜 여자를 인류를 교묘하게 속이는 마술사나 망상을 만들어 내는 사람으로 여기는 것이나 마찬가지다. 인류는 속았을지라도 그 자신은 속지 않았다. 그런 그에게서 승리를 거두기는 쉽지 않다. 그는 자기 자신을 방어할 줄 알뿐더러 접근조차 불가능하기에 방어할 필요도 없다. 그를 지켜 줄 목적이 아닌 판에서도 그는 명확하게 바라본다. 속지 않아서 오는 만족감은 우리가 속았을 때 오는 공포와 맞물려 있으며 이때의 공포는 몇몇 사람들에게는 끝없이 계속된다.

라브뤼예르는 극장에서 웃을 때는 조금도 부끄러워하지 않는 반면, 울었을 때는 왜 부끄러워하는지 그 이유를 매우 잘 지적한다. "자신이 감성적인 것을 내보이거나, 특히 속았다고 생각할 만한, 진실하지 못한 주제에 약한 모습을 보였다고 느낀다면 괴롭지 않겠습니까?" 바로 이런 이유 때문이다. 반대로 웃는 사람은 웃는 게 우는 것보다 덜 속았거나, 속았다는 인상이 적기에 더 쉽게 자기감정을 내보일 수 있다. 웃음은 모든 정신적 자유를 남겨 주지만, 울음은 우리가 그 자유를 잃어버리고 작가나 해당 주제가 자신의 끝까지 들어와 자신을 사로잡았음을 드러낸다.

또한 익히 알려진 대로 '강한', '세련된' 정신의 소유자는 울지 않는 만큼이나 웃지도 않는다. 박장대소를 할 곳에서도 그들은 그저 미소 짓는 정도로 만족할 뿐이며 그들에게 목청껏 웃는다는 것은 우는 것만큼이나 작가에게 매료되고 사로잡혔다는 신호다.

그럴지라도, 아니 거의 그렇다 할지라도 감탄한다는 것은 우리가 한 작가의 재능과 솜씨, 교묘함, 책략에 현혹되고 매료되고 취했음을 고백하는 행위다. 우리는 기실 이런 고백을 그리 좋아하지 않는다.

이렇게 우리는 라브뤼예르가 말하던 비판적 정신에 해당하는 몇 가지를 그가 이해하는 대로 보게 되었다.

그런데 마르탱의 다음 말에도 분명 일리가 있다. "즐거움을 얻지 못하는 즐거움도 있다는 말입니까?" 그러나 꼭 그렇지는 않다. 왜냐하면 무관심주의자는 조금도 즐거움을 금하지 않기 때문이다. 그는 정말이지 자신이 즐거움을 발견할 수 있는 곳에서 즐거움을 찾고자 한다. 감탄에서 오는 즐거움은 물론 받아들이지 않겠지만 조금도 감탄하지 않으면서 자신을 관조하고, 감탄하지 않는 자기 자신을 자랑스럽게 여기는 데서 오는 즐거움을 얻고자 한다. 그러니 마르탱이여, 믿어 의심치 마라. 그러한 그의 즐거움을 우리는 찾아보고자 하는 것이다. 다시 말해, 그것이 우리 성격에 들어맞는 심리 활동이다.

그러나 만약 우리에게 선택권이 있다면, 다른 모든 사람처럼 오만, 조롱, 논쟁, 구별되고자 하는 욕망, 속는 데서 오는 공포, 감탄, 단순히 아름다운 대상을 음미하는 즐거움 중에서 선택할 수 있다면, 후자에 주의를 기울이는 것이 틀림없이 더 가치 있다. 이 견해에 동조한다면 나는 또한 말하리라. '비판의 즐거움'을 독서의 가장 위험하고도 큰 적으로 여기고, 그것과 바람직한 전쟁을 벌이라고. 라브뤼예르가 이해한 의미에서의 '비판의 즐거움'은 그에게 쓸모 있던 현대적 의미의 비판적 정신과 마찬가지로 독서를 파국으로 치닫게 할 것이다.

자기애, 잡다한 정열, 소심함, 불만족한 정신. 이런 것들은 독서의 주적으로, 언제나 우리 안에서 비롯된다. 그 수가 많음을, 상당히 흉물스러운 것임을 우리는 보았다. 서글픈 노년을 맞이하고 싶지 않다면, 우리는 독서의 주적에 맞서 우리 자신을 지켜야 한다. 책은 우리에게 남을 마지막 친구이며, 우리를 속이지도, 우리의 늙음을 나무라지도 않기 때문에.

9

비평가 읽기

매우 중요한 질문이 있다. 우리가 말하는 좋은 저자와 함께 그 저자를 언급하는 사람들을 경쟁적으로 읽을 필요가 있을까?

이 의견에 나는 매우 신중한 태도를 취하지만, 그럼에도 나는 동의하는 바다.

비평가라 하면 무엇을 말하는가? 그는 우리 독서에 대해, 함께 같은 것을 읽었거나 읽으며 이야기를 나누는 친구다. 그런 사람이 정녕 쓸모없고 불쾌감을 주는가? 단연코 아니다. 우리의 사사로운 일상에서도 그를 찾아볼 수 있다. 그는 우리가 곰곰이 생각하게 하고 우리 안에 우리가 독자로서 받은 감정과 인상을 새롭게 해 주며, 우리 안에 있는 독자가 지녀야 할 호기심을 일깨워 준다. 우리 판단에 동조하거나 반대하여 그 판단을 다시 점검해 보게 하기에, 우리 취향을 단련하고 더 세련되게 해 준다. 또한 그는 우리를 새로운 독서로 이끌어 막연하게만 꿈꿔 왔던 생각조차 못했던 새로운 세계를, 매우 아름답고 기묘한 매력으로 가득한 세계를 열어 준다. 그러니 결국 우리 독서와 자신의 독서를 견주며 이야기하는 그 친구에게 우린 매우 흡족해할 것이다. 물론 가끔 그는 불화를 일으킬 수 있다. 가끔 그는 너무 심하게 감탄하거나 가리지 않고 아무하고나 교제하기도 한다. 가끔 그는 우리 취향과는 달리 너무 옛것이나 반대로 너무 새로운 것에 매료되어 매일 아침 새로운 대작을 발견하고는 어제 발견한 대작을 까먹을 수 있다. 가끔 그는 너무 기억력이 뛰어난 나머지 거의 매번 인용하지 않고는 지나칠 수 없어 천편일률적으로 보일 수 있다. 가끔 그는 다른 사람들을 이야기하면서도 자기 생각에만 젖어 여러 작가의 정신을 살피면서도 오직 자신에게만 감탄하고자 한다. 그러나 그의 결점이 어떻든 그는 항상 사랑받는 편이다. 책을 읽는 사람이라면 마찬가지로 책을 읽고 자기 독서에 대해 말하는 사람을 사랑한다. 심지어 지적 토로를 위해서라도 그가 필요하므로 받아들이며, 그 없이 지내는 게 더는 불가능하게 된다.

그렇다. 비평가란 정확히 이런 친구를 말하는 것이며 우리에게 그런 친구가 없다면 그 자리를 대신해서 메워 준다.

비평가를 좋아한다고 잘못은 아니다.

그러나 진정한 의미의 질문은 바로 이때 제기된다. 언제 비평가를 읽어야 할까? 어느 순간에? 코르네유를 언급하는 비평가라면 코르네유를 읽기 전인가, 읽고 나서인가? 이것이 관건이다.

나는 종종 비평가란 특정 관점이나 사상을 우리에게 드러내므로, 한 저자를 읽는 데 유용하다고 말했다. 비록 이 말이 사실일지라도 우리는 주의해야만 한다. 결코 비평가를 읽어서는 안 될 수도 있지 않을까?

그럴 만하다. 왜냐하면 독자인 내게는 결국(기실 이것이 내 의무이기도 한데) 진정 나만의 인상을 받는 것이 중요하다. 개인적인 인상, 다른 사람의 인상에 의해서가 아니라 매우 개인적인 방법으로 코르네유에게 감동받아야 한다. 비평가가 주입하는 관점은 그의 것이다. 그가 주입하는 사상 또한 그의 것이다. 따라서 작가를 읽기 전에 비평가를 대하면 나 스스로 작가를 이해하는 데 방해가 된다. 그것은 이미 거의 다른 이가 만들고 준비한 귀로만 작가를 듣도록 강제하며 애써 나 스스로 직접 감동받는 것을 불가능하게, 즉 도저히 기쁨을 못 느끼게 한다. 이것이 정녕 득이 될 것인가!

게다가 한술 더 떠서 이를 도와주는 게으름 덕에, 알다시피 최소한의 노력을 들이라는 법칙 때문에 나는 직접 저자를 읽어 보지도 않고 가장 권위 있는 비평가들이 저자에 대해 어떻게 생각하는지 아는 것만으로 만족할 것이다. 그러는 이유를 살펴보면, 우선 알맞은 비평가를 선택할 줄만 알면 시간이 훨씬 절약되기 때문이다. 따라서 장황하게 말을 늘어놓는 비평가여도 작품을 판독하고 작가의 글을 인용하여 분명 나를 만족하게 할 최상의 것만을 작가로부터 뽑아 준다. 그리고 무엇보다 앞서 비평가를 읽고 나서 작가를 접한다면 비평가의 영향을 받고 그의 사상에 따라 읽게 된다. 비평가 다음으로 작가를 읽고서 비평가만 읽었을 때와 같은 인상을 받는다면, 비평가만을 읽으면서 시간을 절약할 수도 있겠다.

그 외에도 르낭이 매우 잘 말했듯이 언젠가는 작가를 읽는 일이 문학사가를 읽는 일로 대체될 날이 올지도 모르겠다. 르낭은 조금의 언짢은 기색도 없이 그렇게 말했다.

그러한 그의 관찰에는 많은 진실이 들어 있는데 그에 관해서 이야기해 보겠다. 나 또한 그가 말한 이유를 따라 작가 자체를 읽는 것에 매우 찬성한다. 나는 자주 진심으로 장황한 비평가들에게 박수갈채를 보낸다. "뭐라고! 『클레브 공작 부인』에 관해 두 권이나 책을 썼다고? 장 자크 루소에 대해 다섯 권이나 썼다고! 참 잘 됐군!"

"뭐라고? 잘 됐다고?"

"물론이지! 독자가 루소 본인을 읽는 쪽이 더 짧다고 생각하지 않겠는가!"

그러나 합의되어야 할 것이 있다. 우선 문학사가와 본래 의미에서의 비평가를 구분하도록 하자.

문학사가는 가능한 한 개인적 입장에서 벗어나 완전히 비개인적이어야 한다. 그는 그저 정보만을 제공해야 한다. 어떤 작가가 그에게 어떤 인상을 심어 줬는지를 말해도 안 되며, 동시대 작가들에게 어떤 인상을 받고 있는지 말해서도 안 된다. 그는 본래 의미에서 역사적으로 그가 아는 모든 것들을 따라 한 시대의 종합적 사상을 보여 줘야 한다. 한 시대의 문학적 혹은 예술적 사상은 이미 그가 문학사적으로나 예술사적 방식으로 아는 것과는 조금 다를 수 있기 때문이다. 그 방식이란 우선 무언가를 측정하는 행위로 그 외에는 어떠한 것도 가능하지 않다. 그러나 그렇기에 흥미로운 작업이다. 작가에게 끼친 영향이 무엇인지 측정하고 우리가 확인 가능한 그의 독서 편력, 그가 교환한 서신, 동시대 사람들과 맺은 관계에 따라 그의 사상이 어떻게 형성되었는지 알아보고, 그가 이런저런 작품을 집필한 개인적, 가정사적, 지역적, 국가적, 종합적 상황을 조사하고, 또한 작가를 정의하는 또 다른 방법으로 그가 끼친 영향이 무엇이었는지를, 다시 말해 그가 누구를 만족하게 했는지를 찾아내기도 하며 반대로 그가 불러일으킨 반감이 무엇이었는지를, 그가 누구를 만족시키지 못했는지를 이해하는 일은 매우 흥미롭다. 이것은 문학사가의 작업 중 극히 일부분일 따름이지만, 그것이 어떠한지 알기엔 충분하다.

하지 말아야 할 것으로는 교조적으로, 즉 원칙에 따라 판단하지 말아야 하며, 마찬가지로 **인상적으로**, 즉 본인이 느낀 감정에 따라 판단하지도 말아야 한다. 그렇지 않을 경우, 그가 역사가로서의 자기 역할에서 완전히 벗어나게 돼 버린다는 것은 분명하다. 그러면 그가 다루는 것은 문학사가 되어, 16세기나 17세기에 들어서까지 우리가 역사를 기술한다고 말하는 방식과 같게 된다. 이 경우 역사란 역사 속의 왕이나 위대한 인물을 임의로 판단하여 찬양하거나 비난하는 것일 뿐이다. 마치 역사적 인물들에 대항한다든지 마을 입구에서나 볼 법한 풍경처럼 꽃을 꽂아 그들을 미화하는 방식이 될 뿐이다. 결국 그런 역사가는 역사 전체를 하나의 도덕적 설교로만 이끌어 그쪽으로만 기울게 한다.

문학사가는 정치사가인 양 행동해서는 안 된다. 그는 사실과 사실 관계만을 알아야 하고 또한 알려야 한다. 독자는 문학사가가 어떻게 판단했는지, 그가 판단하였다는 사실도 알아서는 안 되며 마찬가지로 그가 무엇을 느끼는지, 무엇을 느꼈다는 사실도 알 필요가 없다. 반면 비평가는 문학사가가 끝나는 곳에서부터, 아니 그와는 전혀 다른 지형학적 배경에서 시작한다. 비평가에게 우리가 요구하는 것은 문학사가와는 반대로 한 작가나 작품에 대한 자기 생각이며 그 생각은 원칙이나 감정으로 이루어졌기 마련이다. 그에게 우리가 요구하는 것은 여행하기 위한 지도가 아닌 여행에서 얻은 인상이다. 그에게 우리가 묻는 것은 다음과 같다. "코르네유를 만났다지요. 그가 당신에게 어떤 영향을 끼쳤습니까? 문학이나 글쓰기의 방법적 측면에서 당신이 지닌 총체적 사상에 들어맞았습니까, 아니면 오히려 그 반대였습니까? 그래서 당신은 그를 매우 받아들였습니까, 아니면 엄중히 유죄 판결을 내렸습니까? 당신이 어느 정도, 특히, 아니 유일무이한 감성과 감각, 감정의 소유자라면 코르네유는 그런 당신에게 어떤 감정을 불러일으켰으며 당신은 어떤 방식으로 거기에 대응했습니까? 그의 감정과 대면하며 감미로웠는지 고통스러웠는지 또는 무력했는지, 그와 교류하면서 당신의 감각은 어떻게 변했는지 알 수 있겠습니까?"

"그런데 당신은 나에 대해서 코르네유에게만큼이나 내게

많은 질문을 던지는군요?”

　“물론이지요!”

　이것이 비평가다. 심지어 그는 문학사가와 정반대로 보일 수도 있겠다. 적어도 그들은 매우 다르기에 한 명에게 무언가를 요구하는 것이 정당할지라도, 그것을 다른 사람에게 요구하는 것도, 요구해서 될 것도 아니며 반대의 경우도 마찬가지다.

　이 지점에 관해 거듭 강조해야 하겠는데, 우리가 오랫동안 문학사가와 비평가의 큰 차이를 이해하지 못했기 때문이다. 지난 세기의 마지막까지도 문학사가들은 비평이 자신의 임무라 생각했고 그 반대의 경우도 마찬가지다. 왜냐하면 문학사라면 문학비평가 데지레 니자르의 문학사 같은 것이었는데, 그의 작품 전체는 비평으로만 가득하고 문학사적인 것은 존재하지 않는다. 작가는 자신이 해야 할 일은 조금도 하지 않은 채 언제나 감탄을 금치 못할 방법으로 자신이 하지 말아야 할 것을 했기에, 그의 책은 문학사 같은 것은 전혀 보이지 않고 그저 비평으로만 점철된 모음집으로 남을 따름이다.

　그럼 이제 앞에서 말한 것처럼 구별하고 그것을 인정했다면 다시 질문으로 돌아오자. 언제 비평가를 읽어야 할까?

　이 문제는 작가가 정확히 우리의 정의에 따른 문학사가인지, 우리의 정의에 따른 비평가인지 구분하는 데 달려 있다. 만일 문학사가라면 원 작가에 앞서 읽어야 할 것이며 비평가라면 결코 먼저 읽어서는 안 되겠다. 문학사가라면 우리에게 유익한 모든 정보를 줄 것이며 그중에 몇몇 작가가 살던 세계나 작가가 이야기하도록 이끈 사람들에 대해, 작가의 천재성은 제쳐 놓고서라도 작가가 작가로 자리매김하도록 만든 것들을 알기 위해서라도 필수적이다. 그렇게 그는 우리를 자신에게로 인도하고, 그 자신에 대해서는 거의 전무하지만, 그 밖의 모든 정보를 제공한다. 그러므로 우리가 열중하고 싶은 작가를 읽기 전에 문학사가를 읽어야 함이 입증된다. 코르네유의 지적 세계에 입문하는 것은 코르네유가 살았던 시대의 역사, 코르네유 시대의 모든 역사뿐 아니라, 특히 1600년에서 1660년 사이의 프랑스 문학사를 보는 것이다.

비평가는 그 경우가 매우 다르다. 실제로 교류하고 싶은 작가에 앞서 비평을 읽는다면 그는 도움이 되는 것 이상으로 해를 끼칠 것이다. 비평가의 관점을 내려놓을 수 없거나 그러기가 매우 어려워 작가를 읽으면서 직접 인상을 받을 수 없다. 그 경우 비평가는 칸막이처럼 작가와 독자 사이에 있다. 몽테뉴에게 우리가 어떤 영향을 받았는지 알고 싶다 치자. 우리는 우리 정신에 들어온 생각이, 몽테뉴를 읽고 있으면서도 과연 몽테뉴에게서 온 것인지 니자르에게서 온 것인지 알 수 없다. 몽테뉴가 어떻게 우리 감각에 변화를 주었는지 알고 싶다 치자. 분명히 변한 것을 알고 그것이 몽테뉴에 의한 것일 수 있지만, 니자르의 안배 때문일 수도 있다. 무언가를 알고 있을 때에도 그것은 몽테뉴에게서, 니자르에게서, 아니면 우리 자신에게서 온 것일 수 있다. 이러면 확실히 하기가 어렵다. 이것은 진정 몽테뉴를 읽는 게 아니라 니자르를 통한 독서일 뿐이며, 본능적으로나 강제적으로 몽테뉴의 생각보다는 몽테뉴가 니자르에게 영감을 준 생각을 찾고 발견할 뿐이다. 정말로 몽테뉴를 읽고자 한다면, 진정 독서라 말하려면 우선 니자르는 완전히 망각 속에 던져 놓아야 한다.

사실이 이러하므로 비평가의 글을 읽는 것으로 시작하지 말아야 함은 당연한 일이다.

— 그러면 문학사가만 앞서 읽고 비평가는 절대 읽지 말자!

— 왜 그래야 하는가? 문학사가는 앞서 읽고 비평가는 작품 이후에 읽자. 이후라면 너무 늦은 걸까? 전혀 아니다. 비평가는 다시 책을 읽고 그에 관해 생각해 보도록 권할 의무가 있다. 그것이 비평가의 진정한 역할이다. 비평가는 이미 내가 말했듯 특정한 관점이나 사상에 따라 글을 읽도록 준비하는 사

람이 아니다. 그러면 해로울 뿐이다. 비평가는 독자가 특정 관점이나 사상으로 다시 읽도록 준비하는 사람으로, 그 경우에야 비로소 유익하다.

앞서 앞에서 말한 함께 문학에 관해 이야기하는 친구의 예를 다시 보자. 우리가 마지막으로 읽은 소설에서 작가로부터 어떤 인상을 받았다 치자. 친구를 만났는데 그 또한 그 책을 읽었으나 막상 그가 책에서 받은 인상은 우리와 매우 다르다. 토론하며 우리는 그에게 우리가 왜 그렇게 읽었는지 이유를 말하고 그도 반대로 우리에게 자기 이유를 들려준다. 우리는 그가 보지 못한 세부 요소를 알려 주고 그 또한 우리를 빗겨나간 독특한 부분을 보여 준다. 우리는 집에 돌아와 다시 책을 읽고자 하며, 그렇지 않더라도 최소한 기억을 떠올려 짚어 볼 것이다. 이런저런 방법으로 책을 읽으면서 또 다른 각도에서 다시 보게 된다. 원인은 바로 그 친구다. 이것이 비평가의 역할이며 이것이 비평가가 해롭지 않은 경우이다. 조악한 비평가일지언정 재검토를 부추기므로 해롭다기보다 되레 매우 이로울 수 있다.

나는 몇 년간 지성과 문학적 소양이 매우 뛰어나고 취향이 다양하며 그러면서도 확고한 사람들과 교분을 나누었는데, 그들은 끊임없이 새로운 작품을 이야기하곤 했다. 나는 그 작품 대부분을 그들이 언급하기 전에 언제나 읽었고, 이 신사들의 이야기를 관심 기울여 듣곤 했다. 그들의 조금은 날 선 단호함이나 발상은 내가 전혀 예기치 못한 매우 놀라운 것들로 내게 많은 생각을 가져다주었다. 집으로 돌아오면 언제나 그들이 이야기한 책을 다시 읽고 그들이 받은 인상과 비교해 볼 욕구로 가득했다. 다시 읽고 나서 항상 그들의 의견에 동조하지는 않았어도 분명 매우 유익했다. 아니, 기실 그들의 의견에 동조한 적은 단 한 번도 없었지만 새로운 정신으로 다시 읽었고, 그렇게 했음이 매우 중요했다. 나는 그들에게 매우 큰 신세를 졌다.

실은 시간이 지나고 나서 나는 그들에게 더는 쓸모를 찾을 수 없었다. 이유인즉 그들이 자기가 이야기하는 책을 단 한 장도 읽지 않았음을 알아차렸기 때문이고, 그제야 나는 그들의 분명한 단호함이나 독창적 발상을 이해할 수 있었다. 읽지 않고 보편적인 생각으로, 선입견으로, 그들은 반박의 여지도 없이 소리 높여 말했고 그렇게 그들은 위대한 비평가라는 정의를 충족시켰던 것이다.

되짚어 보자. 그들이 책을 읽는 데 취약하다는 점을 알았더라면, 그들의 날카로운 단호함도 독창적인 견해도 조금은 더 낮게 평가했을 수 있다. 그 경우 그들은 보통의 비평가가 되었겠지만, 그때에도 내가 그들에게서 받는 영향은 매한가지일 뿐 아니라, 더욱 오랜 시간 동안 진정 새로운 정신으로 그들과 대화하고 또다시 책을 읽었을 터다.

비평의 효용이란 그렇다. 비평가로 말미암아 독자는 자신을 내던진 독서 이후에 사색하는 독서를 한다. 비평가로 말미암아 독자는 더욱 광활한 공간에서 책을 읽는다. 비평가로 말미암아 작가와 머리를 맞대고 책을 읽고 나서 다시 셋 혹은 넷이 책을 읽는다. 그 범위를 작가 주위에 청중을 늘리듯 무한정으로 넓혀서는 안 되며, 적절한 때에 머리를 맞댄 상태에서 벗어나야 한다.

앞의 방식 덕분에 우리는 지속적으로 독서를 한다. 개인적으로 읽은 작가, 감히 말하자면 개인적으로 읽은 작가의 경우를 보자. 실제로 무엇보다 우선 읽어야겠지만, 그 이후 어떤 자문도 구하지 않고 다시 읽는다면, 다시 읽으면서 처음 독서에서 얻은 인상과 똑같은 것들만 보인다면, 그 인상들은 말브랑슈가 말한 것처럼 '흔적'을 남긴다. 숙명적으로 언제나 같은 고랑만 파게 되는 것이다.

어느 순간에, 자신의 감각이 단조롭게 여겨질 순간이 오면 자기 자신에게 질문하도록 유의해야 한다. '다른 사람은 어떻게 생각할까?' 다른 사람이 어떻게 생각하는지를 알게 된다면, 같은 방식이 아닌 다른 방식으로 보는 새로운 여행을 준비하게 될 것이다. 의사들이 동업자의 자문을 바라는 것은 그들이 자신을 못 믿거나 동업자가 더 능숙하다 생각해서가 아니며 결코 그렇게 생각하지도 않는다. 그저 처음 받은 인상이나 생각이 계속 영향을 미쳐 잘못된 진단을 내리지 않을까 하는 걱정 때문이다. 그렇게 그들은 새 공기를 들이마신다.

따라서 어떠한 법이 있어도 작가를 읽기 전에 그 작가의 비평가를 읽어서는 안 되며, 어떠한 법이 있어도 하나 혹은 여러 비평가를 읽고 나서 작가의 글을 다시 읽어야 한다. 이것이 내가 생각하는 읽기와 거듭하여 읽기의 좋은 방법이다.

다른 한편으로 작가 이전에 문학사가를 읽는 것은 거의 필수 불가결하다. 그러나 작가를 읽은 후에 문학사가를 읽으면 그렇지 않다. 때때로 상황에 따라 약간의 이로움만 있을 뿐으로, 무엇이 들어맞는지를 확인하거나 문학사가가 제공한 어떤 사실을 놓쳤다고 생각했을 때나 다시 기억해 볼 따름이다.

조금이나마 당대에 부정적인 측면이 있다면 지금까지 모든 문학사가들이 내가 생각하기에 한 치의 예외도 없이, 문학사가이자 동시에 비평가이기를, 그것도 자신의 역사책에서 비평가이기를 자청했다는 것이다. 결국 작가를 읽기 전에 필요에 의해 그러한 책들을 읽는다면, 그들은 우리가 저자 이전에 비평가를 읽었을 때 발생하는 나쁜 효력을 발휘하고야 만다.

실제로 이 문제는 매우 심각하다. 더는 계속되어서는 안 되겠다. 문학사가들은 역사가로서만 자리매김하는 데 익숙해져야 할 것이며, 마찬가지로 비평가도 비평가로만 자리해야 한다. 그도 아니라면 적어도 문학사가가 역사서에서는 문학사가로만, 비평서에서는 비평가로만 머무는 습관을 들여야 한다. 익숙해지기만 하면 이는 세상에서 제일가는 그들의 미덕이 될 것이다.

여전히 상당히 심각한 의문이 하나 남아 있다. 내가 말한 것과 같다면 비평에 많이 의존하는 수업에서는 어떻게 해야 할까? 내 생각에는 학생들의 손에 문학사가들, 비평을 하지 않는 문학사가들의 글을 쥐여 줘야 한다. 새로운 지침을 얻을 때까지 다들 비평을 하므로 조금은 덜한 문학사가들을 작가에 앞서 읽혀야 한다. 또는 역사 수업을 하는 것처럼 학생들에게 문학사 수업을 하고, 그 수업에서 학생들에게 이미 말한 적이 있는 비평가들만을 읽도록 당부해야 한다.

그렇게 한다면 아이들은 문학사 수업에서 자신을 사로잡은 몇몇 작가의 이름을 찾아 책을 읽게 될 것이기에, 아이들 스스로 문제를 꽤나 잘 해결할 것이다. 다수의 아이들에 대한 이야기이지만, 프랑스에서도 아이들은 상당히 순종적이다.

반면에 몇몇 아이들은 수업에서 말하지 않거나 아직 말한 적 없는 작가를 읽도록 자극받는다. 수사학적인 측면에서 내 호기심을 불러일으킨 일이 있는데, 이것은 학교가 아니면 알 수 없었을 급우 중 한 명의 프랑스어 숙제에서 비롯되었다. 나는 다른 기숙사에 있는 그 친구를 방문하여 시간을 보내다가 그가 무엇을 하고 있는지를 물었다. "얼마 전부터 나는 철학에 많은 시간을 쏟고 있어."라고 그는 말했다. 다음 해에 그가 라틴어 문학과 프랑스어 공부에 시간을 쏟았음은 물론이다.

그러나 학생 대부분은 자연스레 문학사 수업에서 언급한 작가들이나, 그들 손에 놓인 문학사가들이 이끄는 관심에 따라 책을 읽게 된다.

— 그런데 본래 의미에서의 비평가란?
— 이보다 더 당황스러운 질문도 없다. 내가 공부할 시기에는 어떠한 비평문도 우리 손에 쥐어지지 않았다. 나는 스물셋이 되어서야 생트 뵈브를 읽었다. 우리가 받은 것은 문학사로, 실지 내가 이미 말했듯 비평이 섞여 있었을지언정 결국에는 문학사였다. 선생은 숙제를 줄 때 숙제와 관련해서 의문을 가질 수 있도록 몇몇 정보를 곁들였다. 예를 들어, 르네상스의 인문주의자 사돌레토나 종교개혁 운동에 영향을 미친 에라스

무스의 초상화를 작게 그리고서는 에라스무스가 사돌레토에게 보내는 편지를 작성해 보라고 했다. 그것이 다였다. 우리는 사돌레토나 에라스무스에 대해 단 한 단어라도 제대로 들은 것이 없었다. 우리의 숙제는 어찌 되었을까? 도덕적이거나 문학적인 몇몇 상투적인 말들, 지엽적인 몇몇 독특한 일화로만 장식된 이야기, 정확히 우리 선생의 입에서만 나온 것들을 주워 담았다.

매우 공허한 일이었다. '역사 이야기'가 그나마 덜 허무맹랑했는데, 우리가 문학사보다는 본래 역사라는 것을 조금이나마 알았기 때문이다. 에라스무스를 읽어 본 적은 없어도 앙리 4세나 루이 14세, 저명한 군인 튀렌과 콩데 장군은 조금이나마 알고 있었으니 말이다.

1880년쯤 돼서야 이 방법과 그 결과가 얼마나 부질없는 것인지 알게 된다. 그래서 학생들 손에 비평이 쥐어진다. 문학 수업은 이것저것 뒤섞여, 심지어는 비평으로 채워졌다. 학생들에게 몽테뉴의 금욕주의를, 몰리에르의 세련됨에 대한 논술을 쓰라 하였다. 그 결과 상황은 더욱 나빠졌다.

더욱 나빠진 이유는 아이들이 충분히 몽테뉴나 몰리에르를 읽을 수도 없었고 비평을 통해 그들을 충분히 읽지 못했기에, 몰리에르나 몽테뉴로부터 진정 자신만의 생각을 가질 수 없었기 때문이다. 따라서 아이들은 비평가 생트 뵈브나 브륀티에르, 수사학자 랭티악이라는 상표를 살짝 떼어 낸 넝마 더미로 숙제를 가득 채웠다. 이 교육의 가슴 아픈 척박함은 1865년 교육●의 가슴 아픈 유치함에 견주어도 모자람이 없다. 그만큼이 아니었어도 더욱 돋보였으리라.

그럼 어떻게 해야 하겠는가? 몇몇은 강력하게, 현학적인 양 말한다. "몰리에르의 희곡『잘난 체하는 아가씨들』, 라신의 연극『브리타니쿠스』, 몽테뉴의 에세이「참조의 기술」을 읽는다면, 어린아이에게는 그저 아이가 이해하고 자신의 것으로 만들 개인적인 생각과 받아들인 인상만을 물어라. 개성을 기른다는 것은 다른 사람의 개성으로 짓누르거나 남에게서 빌려 온 개성으로 단념하도록 강제하는 게 아니다. 그렇다. 우리가 해야 할 것은 그 외에 어떠한 다른 것도 아니다."

물론 나는 이 의견에 전적으로 동의한다. 다만 그것은 학교 교육의 장을 너무 제한하여 거의 아무것도 남지 않게 만든다. 그래서 결국 다음으로 귀착하고야 만다. 학생에게『르 시드』에 대하여 아무 말도 하지 마시오.『르 시드』에 관해서 어떠한 것도 읽지 않게 내버려 두고『르 시드』만을 읽게 하여 그가 무슨 생각을 하는지 물어 보시오. 그러면 학생은 무척 즐겁게 읽었고, 책이 매우 아름답다 할 것이오. 다른 대답을 한다면 그

●1865년에 시행된 교육 정책으로, 초등 교육의 연장과 더불어 자연과학 등 특별 과목의 심화를 장려했다.

것은 틀림없이 그가 속임수를 쓴 게요. 생트 뵈브나 랭티악 따위를 읽어 거기에서 '사상'을 발견했을 거요.

근본이 되는 것, 몇몇 특징이나 세부 관찰을 제외하면 선생의 의무가 될 행동은 정성을 다해 감독하고, 통고하고, 밝혀 내어 학생을 칭찬해 주는 것으로, 학교 과제는 언제나 반영의 산물이다. 아이로 하여금 잘 정리하여 기술하고 분명한 태도를 보이도록 하면 된다. 이미 제법 생각할 줄 알고 어느 정도 문체를 만들었더라도 언제나 앞선 것에 근거하여 아이들의 과제를 판단해야 한다. 개성이나 독창성은 조금도 고려 대상이 아니다.

그 두 가지는 매우 적게, 무한히 적은 수의 사람에게만, 그것도 한참 뒤에야 오는 것이다. 누가 개성이 있단 말인가? 그 수는 매우 적으며 그들 또한 단 하나의 개성만 있을 뿐이다. 거의 그 누구도 개별적인 사람이 아니다. 그리고 열여섯에는 그 누구도 개별적일 수 없다. 단지 그럴 수 있다는 몇 가지 단서나 흔적이 있어 개별적이기를 바랄 수 있을 따름이다.

심지어 이러한 개성 추구 또한 자기를 위해서라면 칭찬할 만하겠지만, 선생으로는 결점일 수도 있다. 교양이나 정신의 엄중함, 좋은 취향에 들어맞는 유형에만 맞춰 모든 학생을 나무라는 선생도 있다. 그것이 보통의 선생이다. 또한 어떤 선생은 개성을 찾고 그것을 만들어 낸다. 그리고 감동적인 선한 의지로 단순히 이상한 기색이나 말썽꾸러기의 농담도, 아직 확고하지는 않지만 자기를 찾아가면 언젠가 도달할 수 있는 개성으로 바라본다. 전설에나 나올 법한 이런 선생은 성인 바르톨로메오 축일의 학살•을 찬양하는 크룰르바르브 거리••의 학생을 보고 매료된다. "틀렸어. 그 아이에게 틀렸다고 말했지. 그러나 매우 개별적이군. 아, 그는 정말 개별적이야." 이러한 유형의 선생을 보고 동료 중 하나는 말한다. "저 치는 아직도 자기가 무슨 특별한 감식안이라도 있는 것처럼 아직도 거짓 정신을 찾는구먼."

모두 잘못되었다. 말의 가장 근본을 이루는 것에 만족해야한다. 조금의 독창성도 보이지 않을 보통의 것, 남에게 빌려 어느 정도 능란함을 보이는 것, 어느 정도 다시 고민해 본 생각에 속하는 것에 만족해야 한다. 그 외에도 각 부분을 잘 조절하는 능력, 건전하면서도 간혹 가다 유쾌함을 줄 문체 등이 있겠다. 이것이 좋은 저학년 학생에게 요구할 수 있는 전부다.

그러고 나서는? 그러고 나서는 나는 어쩔 수 없이, 텍스트 이전에 비평가를 읽지 말자는 나의 가장 큰 교육 원칙을 버려야 하겠다. 텍스트와 병행한다는 조건에서 '숙제를 하기 위해',

---

●1572년 8월 24일, 성인 바르톨로메오의 날에 파리에서 일어난 로마 카톨릭교도의 개신교인 살육을 의미한다.

●●현재 파리 19구에 속한 거리를 말한다.

시험에 대비하려고, 본인 정신에 매우 표면적이지만 그래도 일반적인 문화를 입히도록 하기 위해서라면 고등학생이 비평가를 읽는 것을 인정하겠다.

그러나 그들에게 다음을 말하고자 나는 즉시 내 원칙을 다시 고수하겠다. 적어도 중요 작품을 읽을 시간을 가질 만큼의 거장들이라면 언제나 저자를 먼저 읽어라. 단지 그러고 나서만, 작가를 읽고 하나의 사상이 자기 것이 된 뒤에만 비평가를 읽어라.

게다가 이처럼 텍스트와 비평을 병행하는 독서 습관은 거의 엉망진창인 것으로, 개중 특히 비평가는 읽고 작가는 읽지 않는 습관은 고등학교를 졸업하자마자 단호하게, 완전히 버려야만 한다. 그러한 습관은 자기 자신에게 치명적이다. 그것은 사람을 바보로 만들고, 문학적인 것들 사이를 신문 꼬트머리에나 나올 정치적 기사나 인용하는 사람들로 채워 넣는다. 그것은 닮은꼴을 빚어낼 뿐이며 사람을 달과 같은 존재로 만든다. 우리는 태양을 갈망해서도 안 되겠지만, 달과 같은 존재가 되어서도 안 된다.

두 가지 교육이 있다. 첫째는 고등학교에서 받는 교육이며 둘째는 자기가 자신에게 내리는 교육이다. 첫 번째는 없어서는 안 될 것이지만 두 번째만이 진정 가치가 있다. 첫 단계에서는 비평가를 저자와 거의 동시에 읽되 앞서 보였듯이 신중해야겠다. 두 번째 단계에서는 저자 자신을 거듭하여 읽기 위해서가 아니라면 절대 비평가를 읽지 마라. 그렇지 않으면 두 번째 교육 과정에는 결코 들어설 수 없을 것이며, 언제나 첫 단계에만 머물 것이다.

10

거듭하여 읽기

읽기는 감미롭다. 그리고 거듭하여 읽기는 가끔 더더욱 감미롭다. "파리 사람은 다시 읽는 법이 없지. 유유자적한 전원이여!"라고 볼테르는 말했다. 거듭하여 읽기는 빠져들 것이 거의 없는 사람만이 빠져들 수 있다. "내 나이에는 더는 책을 읽지 않아. 다시 읽을 뿐이야."라는 소르본대학의 철학 교수 루아예 콜라르의 말에서도 알 수 있듯, 사실 거듭하여 읽기는 노인들의 즐거움이다. 그러나 그것이 모든 연령을 아울러 즐거움과 이로움을 선사할뿐더러, 특정 사람에게만 허락된 것이 아님을 납득시킬 필요가 있지 않을까.

다시 읽어야 하는 이유가 여럿 있는데, 그중 명확히 머리에 떠오르는 생각 셋을 골라 보겠다.

더욱 잘 이해하기 위해 우리는 다시 읽는다. 특히나 철학자,

모럴리스트, 사상가를 이런 이유로 다시 읽는데, 이것은 전혀 잘못된 일이 아니다. 오히려 이러한 의도로 다시 읽어야 하는 작가가, 그런 목적으로 읽어야 마땅하기에 다시 읽는 작가가 있다. 라퐁텐이나 라브뤼예르보다 명확한 작가도 없다. 그러나 단언컨대 그들에게는 거듭하여 읽기 전에는 미처 우리가 이해할 수 없는 대목이 있다. 스무 번은 읽고 나서야 마치 그랬어야 했다는 듯이 그 대목들을 찾아내고, 그때가 돼서야 우리는 처음으로 그 대목을 파악할 수 있게 된다. 이런 발견이 곧 하나의 즐거움이기에, 우리는 감사하면서 동시에 조금 더 일찍 그러지 못했다는 사실에 불평을 토로한다. 이는 수모라면 수모겠지만 매우 건전한 연습이 된다.

발견이 언제나 세부적인 측면에서만 이루어지는 것은 아닐 것이다. 나는 장 자크 루소에게, 특히 그가 교환한 서신을 읽으며 가까이 다가갔는데, 나는 그때 장 자크 루소가 귀족주의자임을 알아차렸다.

아무리 그가 민주주의를 가르치거나 그보다 더한 일을 했어도 이것은 틀림없는 사실이다.

다시 책을 읽으면서 생기는 한탄을 조심해야겠다. 발견해서 얻는 기쁨이나 후회에 너무 자신을 내맡겨서도, 자기 자신을 조롱하면서 오는 즐거움에 빠져서도 안 된다. 그것은 우리가 우선 멍청했다고 전제하기 때문이다. 한 친구가 한 말이 생각난다. "당신은 틀렸습니다. 생트 뵈브를 실증주의자나 회의주의자 또는 불가지론자로 소개하다니요. 나는 그를 거듭해서 무척이나 많이 읽었습니다. 그는 정녕 신비주의자입니다." 거듭해서 많이 읽어서 생트 뵈브를 신비주의자로 여겼다면, 그 검토는 '정녕' 정도를 넘어선 것이다.

그러나 대개는 몇 가지 주의해야 할 사항이 있겠지만 우리는 처음 읽었을 때보다 다시 읽을 때 작가를 더욱 잘 이해하게 된다. 조금은 의심하는 습관을 들이고 책에서 자기가 투영하고 싶은 것만을 읽으려 하지 않는다면 충분히 더욱 잘 이해할 수 있다. 나는 매우 자주 다시 읽는데, 그리함으로써 더욱 잘 이해할 수 있다고 생각한다. 노년은 아무 매력도 없는 시기가 아니다. 그러기는커녕 케케묵은 오해를 바로잡는 데 시간을 할애할 수 있는 시기다.

또한 이해의 폭이 넓어지는 데서 오는 기쁨은 정신 깊숙이 어떤 불씨를, 상상력을 부추기는 어떤 열기를 불러일으킨다. 작가의 뒤를 이어 그 다음을 지어내 보기도 한다. 실제로 거듭하여 읽는 작업으로 쥘 르메트르는 섬세함이 돋보이는 『여백』을, 역사학자 에밀 게바르는 그의 정신을 엿볼 수 있는 『오디세우스의 마지막 여행』을 썼다.

그리고 미세한 차이를 드러내는 문체를 즐기기 위해 다시 읽는다. 독자에게 첫 독서란 연사의 즉흥 연설과도 같다. 항상 어느 정도는 격정적이기에, 우리가 건전한 기질의 소유자이거나 책 읽는 방법이 아무리 좋다고 한들 조급함을 누를 수는 없다. 철학자에게는 그의 보편적 사상이 무엇이며 그래서 결론은 무엇인지, 소설가에게는 그 결말이 무엇인지를 알려고 조바심을 낸다. 그 조급함이 설사 매우 나쁜 것일지언정 그 누구도 그로부터 완전히 벗어날 수 없다.

관보를 발행하기 위한 검토를 요청받으면 연사가 자기의 즉흥 연설에 썼던 문체와 언어를 고치는 것처럼, 우리는 다시 읽으면서 즉석에서 이루어진 우리 독서를 바로잡는다. 우리는 언어에, 문체에, 리듬에, 기술 방식에, 구성의 기술적 측면과 사상의 배치 방식에 주의를 기울인다. 이전에는 저자의 생각 안으로 들어섰다면, 이제는 그의 작업실에 들어가 그가 연구하는 모습을 지켜본다. 이것은 우리 자신을 연구하고자 할 때에도 분명 매우 유용하다. 게다가 그런 의도가 없어도, 예술의 비밀을 파악하는 것은 자기 정신을 정련하는 매우 특별한 방식이기에 그 또한 하나의 즐거움이 된다. 게다가 그 이후엔 우리가 처음 읽는 저자를 더욱 잘, 더욱 확실하게, 더욱 정교하게 판단할 수 있다. 거듭하여 읽기가 책 읽는 법을 가르쳐 주는 것이다.

문학 선생들은 매우 똑똑한 사람들이다. 적어도 그들 중 몇 몇은, 글에 관련해서라면 그럴 터이다. 자기 제자들을 위하여 자기 제자들 앞에서 끊임없이 거듭하여 읽기 때문에 그렇다. 그러나 여기에도 두 개의 암초인 카리브디스•와 스킬라••가 도처에 도사리고 있다. 매번 거의 같은 텍스트를 다시 읽어야 하기에 선생들은 간혹 같은 인상만을 얻을 뿐이며, 그러면 그 인상이 조금 감퇴했거나 무뎌진 것처럼 생각하게 된다. 그리 고 간혹 지속적이면서도 완전한 새로움에 맞닥뜨리고 싶기에 전혀 예기치 못했던 의미를 작가에게 부여하거나 작가의 것 을 완전히 신뢰하지 않으려고 할 수도 있다.

우리는 선생들이 거듭해서 읽어야만 하는 만큼 다시 읽지 는 않기에, 둘 중 어느 한쪽의 위험에도 크게 노출되어 있지 않다. 그럼에도 너무 과하게 읽지 않도록 이러한 위험을 되짚 어 볼 수는 있겠다. 책을 조심하라. 아무리 아름다운 책이어도 언제나 같은 책의 같은 페이지를 펼치려 들지 않도록 하라. 문 학사가 게뤼제는 말했다. "나는 단 한 권의 책만 읽는 사람이 무섭소. 특히 자기 책일 경우에 말이오." 다른 사람의 책이라 도 그것은 정상을 참작할 만한 사정일 뿐, 읽을 책이 한 권뿐

• 포세이돈과 가이아의 딸로 엄청난 대식가인 여신 혹은 괴물로, 배를 집 어삼키는 소용돌이를 상징한다.
•• 머리 여섯 개와 다리 열두 개를 가진 여자 괴물.

일 사람은 어느 정도 조심할 필요가 있다.

그리고 마지막으로 우리는 어느 정도 의식적으로 자기를 저 자신과 비교하기 위하여 다시 읽는다. 특정 나이에 접어들면 우리는 '내가 젊어서 푹 빠졌던 그 책이 내게 어떤 영향을 끼쳤는지'를 매우 자주 자신에게 묻곤 한다. 예전에 갔던 장소, 예전에 사귀었던 친구들, 오래전에 읽었던 책들, 이것들을 다시 보는 것은 이른바 몰락의 열정이다. 그런데 이것은 다름 아닌 자기 자신과 비교하는 행위다. 우리는 우리가 여전히 예전만큼 느낄 수 있는지, 예전과 변함없는지를 확인한다.

경험이 주는 효과가 언제나 매우 위안을 주거나 유쾌한 것만은 아니다. 예전에 봤던 아름다운 장소는 이제 평범하게 보이며, 그것은 누구 때문인지는 모르겠으나 과대평가된 부분이 있었다. 오래된 친구들은 조금 따분해 보인다. 아름다운 책들도 조금은 그 색이 바랜 것 같다. 오래된 친구들이 따분해 보인다면 그것은 그들이 그렇게 변해서일 수도 있다. 그러나 장소나 책은 그럴 수 없으므로 우리는 우리 자신에게서 그 원인을 찾아야 한다. "그토록 감탄해 마지않았는데! 내 정신이 어디를 향하였던가? 이럴 수가! 내 정신은 지금도 그곳을 향하고 있지만 그때의 감각과 상상이 더욱 좋았구나." 어떤 풍경이나 어떤 책 앞에서 받는 인상은 누가 거기에 있으며, 거기에 무엇을 두고자 했느냐에 달렸다. 무엇이 더 중요할까? 알수 없다. 분명 둘 모두일 것이다. 그러나 그 풍경이나 책이 예전에 담고 있던 모든 것을 지금도 똑같이 담고 있어도 우리 자신이 예전보다는 적게 혹은 이제 아무것도 투영하지 않는 것이다. 우리가 앞선 것들의 가치를 낮게 평가한다면, 그것은 되레 우리 자신을 낮게 평가하는 꼴이다. 그것들의 가치는 그들 자신에서 우리 자신을 뺀 나머지다. 한 나이 든 남자가 오랫동안 보지 못했던 부인을 만나고 주저할 때 그 부인은 말하리라. "뭐라고요? 저를 알아보지 못하시겠다고요?" "이런! 부인 제가 너무 많이 변해 버렸군요." 분명 그는 이렇게 대답해야만 할 텐데, 이것은 악의가 있어서가 아니라 사실이 그러한 것이다. 더는 알아보지 못하는 어떤 풍경이나 책 앞에서도 우리는 마찬가지일 터다.

　스무 살에 눈물을 쏙 빼놓던 소설에 이제는 미소만 지을 뿐이라도, 너무 서둘러 그 책이 조악한 것이었고 나 자신이 스무 살 때 착각했다고 결론짓지 마라. 그저 이렇게 말해라. 그 책이 그때 그 나이의 당신을 위해 쓰였던 것일지언정 현재 나이의 당신이 그 책을 위한 것이 아니라고.

　스무 살 나는 소설을 사랑했지

이제 더는 읽을 시간이 없구나

행복은 가고 사람은 인색해지네

더 멀리는 아니라도 더 명확히 보고 싶네

나를 위로해 주는 베르테르

그리고 나바르* 여왕**

　기뻐할 만한 공간이 많지는 않다. 그것은 사실이다. 나이 스물에 심취해서 읽은 소설 중 마흔에도 즐거울 책은 많지 않다. 어느 정도는 그러한 이유 때문에라도 그 책들을 다시 읽어야 한다. 자기 자신을 거듭하여 읽기 위해서, 자신을 깨닫기 위해서, 자신을 분석하고 비교를 통해 자신을 알기 위해서, 그리고 우리가 무엇을 잃어버렸는지를 알기 위해서.

　아니다. 언제나 상실은 아니다. 이십 년이 흐르고 책 속에서 그동안은 미처 보지 못했던 많은 사실을 발견할 때가 있다. 특히나 철학서나 사상서일 경우에 이런 일이 종종 생긴다. 만약 지금 내가 몇 년 더 살기를 바란다면, 그것은 어떤 희망이 있기 때문이다. 야심 찬 그 희망은 바로 내게 닫혀 있으며 반대로 나 자신 또한 닫혀 있는 동시대 어떤 철학가로부터 무언가를 이해하고 싶기 때문이다. 가끔, 예전에 미처 이해하지 못했

●나바라 왕국의 왕비로 르네상스 시대의 대표적 문예 후원자이며 불문학의 첫 여성 작가 중 하나로도 유명하다.

●●알프레드 드 뮈세의 시 「시몬」에서.

던 사상가가 느닷없이 그 모습을 드러낼 때가 있다. 그의 정신에서 열쇠를 발견했다고 말할 수 있겠는데, 이것은 거짓이 아니다. 지성이 강화되거나 그저 더 풍부해지는 것으로, 에스가르트를 읽으면서 받은 감명이 나아가 우리에게 클리탕드르를 읽을 수 있도록 안내해 준다.• 이때의 놀라움은 우리에게 유쾌하게 다가와 우리는 자신이 더욱 강하고 더욱 잘 무장하게 되었음을 알게 된다. 세월이 우리를 단단하게 만들어 주고 그 세월은 우리에게 애틋해진다. 그 세월에 우리는 감사함을 간직하리라.

그러나 단지 철학가들에게서만 우리가 이런 범주의 발견과 이런 종류의 두 번째 수확을 맛볼 수 있는 게 아니다. 소설가들이나 시인들에게서도 우리는 꽤나 자주 늦깎이 발견을 할 수 있다. 감상적 감정이야 언제나 줄어들겠지만, 예술적 감정은 가끔 훨씬 더 강력해진다. 이십 년, 삼십 년, 사십 년이 지나고 나서야 알아차릴 수 있는, 미처 알아차리지 못했던 문체적 특성이나 전혀 믿어 의심치 않았던 구성적 특성이 있다. 왜냐하면 처음 책을 읽는 시기에 우리는 예술에 무지하기 때문이다. 몇 년 전 여러 저명한 비평가들이 『젊은 베르테르의 슬픔』의 음악적 측면에 대해서 논의하면서, 괴테가 쓴 그 작품의 무의미와 유치함을 짚어 냈다는 사실이 알려졌다. 나는 오

• 에르가스트와 클리탕드르는 몇몇 연극에서 나오는 등장인물이지만, 문맥을 봐서는 부알로의 작품 『풍자시』를 이야기하는 것 같다.

히려 『파우스트』나 『서·동 시집』을 다시 읽는 데만 익숙했기에 거의 반세기 동안 읽지 않았던 『젊은 베르테르의 슬픔』을 그때야 다시 읽었다. 내가 받은 감동은 물론 열여섯 살 때보다 약했고 나는 조금도 눈물을 보이지 않았다. 그러나 책의 단단함에, 각 부분의 놀라운 배치 방식에, 느리지만 밀도 있는 진행에, 결국 일개 학생이었던 작가의 작품 속에 담긴 그 모든 박식함에 사로잡혔다. 그의 그런 모습은 더욱 나중 작품인 『친화력』에서도 나타나지 않는 것이었다.

마찬가지로 어떤 기회였는지는 기억이 나지도 않고 아마 아무런 기회가 없었을 수도 있는데, 여하간 나는 『레오네 레오니』를 다시 읽었다. 놀라웠던 게 감상적인 감정도 매우 생생할뿐더러 구성상으로 놀랄 만한 장점이 보이고 전적으로 감각적인 기법과 앞서 준비된 밑그림이 있었다. 그뿐 아니라 적절한 배치로 목적하던 효과를 이끌어 내고, 미리 등장인물의 몇몇 특성을 밝혀 여러 사건과 사고를 설명해 주고 있었다. 한마디로 내가 원하는 만큼 잘 쓰인 소설은 아니었더라도, 모파상의 단편소설과 마찬가지로 잘 구성되었던 것이다. 조르주 상드에게 이것은 매우 보기 드문 일이다. 하지만 그래서 이런 면을 그에게서 발견하는 게 더욱 흥미로웠다.

따라서 우리는 다시 읽으면서 예전의 자기 자신과 비교하며 부침浮沈을 기록한다. 자기 감각에서는 침몰일 수 있겠다. 그러나 득실로 따져 볼 때 우리의 종합적, 비판적 지성에서는 얻는 것이 더 많을 것이다. 그렇게 우리는 지적, 정신적 차원에서 우리 인생의 굴곡을 그려 본다.

하나 더 덧붙이자면 어떤 작가를 다시 읽든지 간에, 더 많이 느끼든 더 적게 느끼든, 더 잘 이해하든 매우 잘 이해하든 심지어 덜 이해하든, 그 모든 것은 우리 인생에서 일어나는 사건의 일부며 그 원인 또한 우리의 삶에 있다. 따라서 다시 읽는다는 것은 다시 살아간다는 것이다.

독서에서 받은 인상들을 비교하면서 우리는 자신을 소재로 한 자서전을 매우 잘 쓸 수 있게 될 것이며, 그때 그 책의 제목은 재독再讀이라 붙일 수 있겠다. 재독은 자신의 기억을 읽는 행위로, 굳이 그 기억을 글로 쓰는 노고를 들이지 않아도 된다. 이것은 그야말로 매우 큰 장점이리라.

두말할 필요도 없을 테지만, 이 모두는 매우 위대한 작품을 접할 때에나 일어나는 일이다. 기억에서 지워져 버린 형편없는 소설일 경우, 우리는 읽은 적이 없다고 손에 쥐어 들었다가, 이미 읽은 적이 있음을 알아차리면서 기묘한 느낌을 받을 것이다. 그때 우리는 그 책을 본래 이상으로 지루하게 여길 것이다. 그러면서도 책은 계속 읽어 나간다. 바로 기억하지 못하는 결론을 알고 싶어서 그렇다. 최종적으로 즐겁다는 인상을 받지 못할 것임을 확신하면서도 호기심에 넘어간 자기 자신을 원망하게 될 것이다. 그래서인지 책을 실제보다 더 조악하다고 평가하게 된다. 매우 골치 아픈 사람을 만나 우리가 귀찮아했던 경우도 바로 그러하다. 그가 다시 돌아오면 처음에는 누구인지 몰랐다가 목소리를 듣고는 잠시 후 낙담하며 누구인지를 알게 된다. 당연한 말이지만, 진정 다시 찾아보고자 욕망할 때만 다시 읽어야 한다. 다시 책을 펼치고자 하는 욕망은 그 책이 뛰어나거나 우리 성정에 들어맞는 것임을 보여 주는 매우 큰 증거다. 이테룸 쿠아에 디그나 레기 신트Iterum quae digna legi sint.●

●다시 한 번 읽을 가치가 있다.

독서란 다른 사람과 함께 생각하는 것

책 읽는 법이란 약간의 도움을 얻어 생각하는 법을 말한다. 따라서 책을 읽을 때에도 생각하는 법과 같은 일반적 법칙이 있다. 천천히 생각해야 하며, 천천히 읽어야 한다. 생각할 때는 신중함을 기해 너무 빨리 자기 생각을 개진하지 말 것이며, 끊임없이 자신에게 반박할 수 있어야 한다. 읽을 때는 신중함을 기해 작가에게 줄곧 반박해야 하나, 한편으로는 우선 개진되는 작가의 생각에 자신을 내던지고, 어느 정도 시간이 흐른 후에야 토론을 위해 되돌아와야 한다. 그렇지 않으면 생각하기란 단연코 불가능할 것이다. 따라서 잠정적으로 작가를 신임하고, 이후에는 작가를 잘 이해했다는 확신이 서고 나서야 반대해야 한다. 그리고 때가 오면 우리 정신에 떠오르는 가능한 모든 반박을 펼치고, 신중하게 거기에 작가가 대답할 수 있는지, 대답한다면 과연 어떤 대답을 할 수 있을지를 따져 보아야 한다. 그다음 책에서도 마찬가지다. 독서란 다른 사람과 생각하는 것이기 때문이다. 다른 사람의 생각을 생각해 보고, 그에 동조하는지 반대하는지 우리 머리에 떠오르는 생각을 생각하는 행위인 것이다.

생각할 때 책이 필요하지 않은 사람은 행복할 수도 있겠으나, 책을 읽으면서 저자가 생각하는 것만을 그대로 생각하는 사람은 단연코 불행할 것이다. 나는 후자의 사람들이 어떤 즐거움을 누릴 수 있는지도 모를뿐더러, 내게 그것을 규정지으라 해도 규정짓지 못하겠다. 그러나 두 극단 사이에 서 있는 사람들, 즉 내가 생각하는 한 바로 우리 대부분에게 책은 작은 지적 세간살이이며 우리 오성을 일깨우는 작은 도구다. 게으름 또는 부족함에 도움을 주고자 다가오며, 아무 생각 없을 때에도 생각한다는 믿음을 줘서 달콤한 즐거움을 맛보게 하는 책이야말로 우리의 매우 귀중하고 사랑스러운 친구다. 그렇다고 우리 친구에게도 결점이 있다는 것을 숨기지는 말자. 흔히 책은 거짓말하지 않는다고 말하지만 나는 앞서 그가 자주 속인다는 사실을 밝혔다. 기실 그것은 우리 자신의 문제로, 우리는 시간이 다소 지나가면 결코 같은 책으로 보지 못해 스스로 환멸에 빠지고야 만다.

흔히 사람들은 친구인 책이 귀찮거나 쓸데없지도, 수다스럽지도 않다고 말한다. 이유인즉 그가 수다쟁이처럼 성가시게 군다면 곧장 문밖으로 내몰아도 예의에 벗어나지 않기 때문이다. 이것은 매우 심각한 오해인데, 한 권의 책은 자신의 수다스러움으로 우리 신경을 곤두세울뿐더러 그렇다고 책을 덮어 버리지도 못하게 한다. 흥미롭기에, 그리고 수다를 떠는 와중에 놓치면 매우 애석했을 어떤 세련됨을 고대하고 있기에 그렇다. 그리고 책이라면 대부분의 경우 남이 나에게, 아니면 누구보다 신뢰할 수 있는 자기 자신이 스스로 꼽을 만한 흥미로운 대목이나 하잘것없을지언정 언급할 만한 부분이 있다.

사람들은 가장 조악한 책에서도 좋은 것을 뽑아낼 수 있으며, 그러하기에 책은 언제나 친구이며 은인이라고 말한다. 이 말을 책에 적용하며 그들은 몽테뉴의 다음 글을 언급할 수도 있겠다. "그에게는 각자의 역량을 측정할 방법이 있다. 목동이든, 벽돌공이든 지나가던 사람이든 모두 다 일을 시켜 각자 제 상품 가치에 따라 대가를 받게 한다. 모두가 나름대로 살림에 도움이 될 수 있기에 그러는 것이다. 심지어 타인의 어리석음이나 나약함마저도 그에게는 가르침이 된다. 각자의 재능과 행동 양식을 제어해 나가면서, 자신이 좋아하는 것을 선망하며 나쁜 것을 경멸하는 감정을 얻는다." •

● 몽테뉴의 『수상록』 1권 26장 「아이들의 교육에 관하여」에서.

이 말이 전적으로 맞는다고 볼 수는 없다. 아니 내가 전적으로 확신할 수 없기 때문일 수도 있다. 어리석은 책을 읽고 어리석어지는 게, 우리가 어떻게 읽느냐에 따라 책에 지성을 부여하거나 그 책이 우리 지성에 도움이 될 수 있도록 하는 것보다 훨씬 쉬운 일이다. 우리는 어리석은 책의 영향 아래에 놓여 있다. 왜냐하면 많은 사람이 어리석은 책을 읽었으며, 그 사람들이 우리에게 영향을 끼치기 때문이다. 그래서 몽테뉴가 유일한 장점이 될 수 있다고 말한 온전히 자유로운 정신을 유지하고서 책에 관해 토론할 수 없게 된다. 그러므로 책이 언제나 우리에게 은인이 되지는 않는다. 어떤 책이든 간에, 아직 은인이라 말하기는 성급한 감이 있다.

또한 책 읽기가 이른바 열정으로 변화할 수 있겠는데, 온전한 열정이 그러하듯 거기에는 비교조차 불가능한 과도함이 있다. 특정 정도의 폭력성을 드러내며, 모든 행동에 방해될 뿐 아니라 인생에서의 모든 정력적 활동에도 대립한다. 책은 몰리●로, 마녀 키르케의 손아귀에서 동물로 변하지 않게 보호해 준다. 그러나 책은 또한 로토스●●이기도 하다. 매우 달콤

●헤르메스가 키르케의 마법으로 동물로 변하지 않도록 오디세우스에게 주었던 영초.

●●오디세우스는 폭풍을 만나 표류하게 되었고, 다다른 육지에서 로토파고이족을 만나게 된다. 로토파고이는 '로토스 열매를 먹는 사람'이라는 뜻이다. 이 꿀처럼 달콤한 로토스는 모든 것을 잊게 만든다. 열매를 먹은 오디세우스의 군사들은 음식물을 구하러 왔다가 열매에 탐닉하여 고향에 돌아갈 생각조차 잊어버린다.

해 먹음직스러워 보이는 열매를 잊고, 열매가 자라는 땅에서 벗어나 다시 배에 올라타기 위해서는 우리 자신의 폭력성을 드러내고 억지로 노를 저을 수 있어야 한다.

이 문제는 더할 나위 없이 명백한 것이다. 가장 순수한 열정이라도 그에 반해 우리 자신을 지혜로 무장할 수 있어야 한다. 진정 순수한 열정이란 없는 것이기에, 독서에 관해서도 다음과 같이 말할 수 있어야 하겠다.

> 그를 좇는 현인은 그 즉시 자제하여,
> 술잔을 들어도 취하지 않을 줄 안다.

각자가 느끼고 있듯 책 읽는 데에도 법칙이 있다. 만약 독서에 아무런 위험도 없다면 굳이 자신을 내맡기는 데 법이 필요하지도 않으리라.

반면 독서는 몇 가지 점만 주의하면 행복할 수 있는 가장 확실한 수단 중 하나다. 독서가 우리를 행복으로 이끌 수 있는 이유는 바로 독서가 우리를 지혜로 이끌기 때문이다. 지혜로 이끄는 것은 바로 저 자신이 지혜에서 기인하였으며, 지혜가 곧 자신의 고향이기에, 책 읽기는 자연스레 친구들을 자신의 고향으로 이끈다. 나는 갈레즈의 한 오랜 벗을 알고 있다.● 아

●빅토르 위고의 시 「갈레즈의 오랜 벗」을 연상시킨다.

니 알았다. 나보다 앞서 그는 이미 만인이 도달하는 약속의 장소에 들어갔기에. 지방에 사는 소송 대리인이었는데 오십 줄에 들어서 그는 자신의 사무실을 팔고 훌쩍 떠났다. 강기슭으로 꽃을 재배하러 떠난 게 아니라, 국립 도서관을 향해 떠나갔다. 그는 계절에 따라 도서관에서 매일 어떨 때는 여섯 시간을, 어떨 때는 여덟 시간을 보냈다. 그가 파리에 끌린 이유에는 두 가지가 있다. 그의 말을 따르자면 파리가 매우 저렴하면서도 지적, 예술적 삶이 가능한 유일한 도시일뿐더러, 하나의 정당에만 속하지 않을 수 있는 유일한 도시, 즉 가난하지만 침착한 사람들의 도시이기 때문이다.

나는 그런 그를 축하하면서 도서관에서 친구를 만들지 말라고 권고했다. 국립 도서관에는 상냥한 수다쟁이가 가득한데, 그들은 다른 사람의 독서를 좋아하지 않을 뿐 아니라, 번갈아 가며 우리가 이제 막 펼친 책의 내용을 알지 못하게 방해한다. 친구는 내게 자신만의 방법을 알려 줬다. 책 읽는 공간을 이야기 장소로 여기는 수다객 중 하나가 다가와 안락의자에 팔을 기대면, 본인은 즉시 잠에 빠져 버린다는 것이었다. 공개 강의에서와 마찬가지로 도서관에서도 잠자는 것은 문화적으로 이해되기에, 상대를 언짢게 하지도 않아 따로 사과할 필요도 없다는 것이다.

그는 무슨 대단한 인문주의자도 아니었기에 큰 노력을 들이지 않고서도 프랑스어를 사용하는 작가를 가장 멀리까지 거슬러 올라갈 수 있도록 다음과 같은 방법을 택했다. 우선 그는 오늘날의 작가들부터 읽기 시작했다. 동시대 언어로 글을 쓰는 작가에서부터 조금씩 거슬러 올라가서는 19세기 작가들을 지나 18세기 작가들에게까지 이르고, 그 뒤로도 여정을 계속 이어 나갔다. 매우 완만한 변화 과정을 거치면서 고풍스러운 언어에 익숙해지고, 그러는 동시에 뒤로 걷는 방식일지라도 우리 문명이 어떻게 전개해 왔는지에 대해 분명한 생각을 지니게 되었다. 나는 그가 죽기 전에 『성인 외랄리의 애가』● 마저 매우 유창하게 읽었으리라고 믿어 의심치 않는다.

그는 분명 자기만의 방식이 있는 갈레즈의 오랜 벗이었으며, 과로하지 않아도 근면하고 현명했다. 그는 꽃을 거두기보다는 매우 섬세한 방식으로 인간 정신에 싹을 틔우는 가장 아름다운 생각을, 가장 아름다운 이야기를, 가장 아름다운 대화를 거두었다. 라틴어 레게레legere는 '읽다'lire와 '거두다'cueillir를 뜻한다. 라틴어는 이토록 매력적인 언어다.

● 현대 프랑스어를 언어학적으로 거슬러 올라가면 남부의 오크어와 북부의 오일어로 나뉘는데, 이 책은 오일어로 쓰인 최초의 시문학으로 평가받는다.

역자 후기

번역가란 참으로 흥미로운 직업이다. 한국어에서 작가라는 말의 그물망 속에 번역가는 쉽게 잡히지 않지만, 프랑스어에서는 사정이 다르다. 번역가 또한 작가écrivain에 자연스레 포함된다. 한마디로 경계에 선 어정쩡한 사람이 번역가다. 나는 이 어정쩡함이 번역가로서의 매력이며, 따라서 번역가는 작가이자 전달자이며 동시에 독자라고 생각한다. 이런 생각이 가능했던 것은 다음에 나오는 이 책의 한 부분을 읽고 난 후였다.

소설을 읽으며 우리는 우리 자신이 아니게 된다. 우리는 현재 눈앞에 나타난 등장인물 속에, 마술사가 그려 준 장소 속에서 산다. 호라티우스가 말했듯 마술사는 최면을 거는 사람인데, 그 앞에서 우리는 개개인의 특성을 잃어버린다.

그러나 다른 의미에서 우리 개개인의 특성은 더해지기도 한다. 말하자면 바로 '빌려 온 삶'에서 살아 있음을, 여느 때와는 달리 더욱 화려하게, 더욱 넓으면서도, 힘차게 느낄 수 있다. '빌려 온 나'는 본래의 나보다 더욱 풍요로운 삶을 사는데 그 또한 우리 자신이다. 이때 본래의 나는 받침대다. 기꺼이 모든 것을 지지하며, 이를 통해 더욱 확장된다고 느낀다. 달리 말하자면 본래의 나는 무언가를 담는 항아리와도 같다. 기꺼이 받아들이고, 받아들이면서 자신을 키우고 넓혀 가며, 결국 자기 자신을 넘어선다.

— 제3장 「감정을 담은 책 읽기」 중에서

어떤 독서는 이처럼 나를 내가 아니게, 나만의 특성을 잃어버리게 한다. 그리고 동시에 나라는 작은 울타리에서 벗어나 더욱 큰 나를 알게 해 준다. 번역가가 작가이며 전달하는 사람이며 동시에 독자라고 말하는 이유도 이 때문이다. 나는 단순히 최성웅이라는 이름의 번역가를 지칭하지 않는다. 그 속에는 수많은 복수의 '나'가 있다. 그들이 없었으면 이 책은 탄생할 수 없었다. 역자 후기라는 형태로 허락된 지면에서 나는 각각의 '나'들에게 감사의 말을 전하고자 한다. 그리고 그 감사의 말이 결국은 내가 어떻게 이 책을 받아들였으며, 또 어째서 독자에게 이 책을 전달하고 싶은지에 대한 대답이 될 것이다.

우선 이 책과 원저자인 에밀 파게에게 감사하다. 책을 통해 내가 접한 파게는 간간하지만 성실한, 그리고 허세 부리지 않는 진솔한 할아버지였다. 65세의 나이에 니체를 포함한 동시대의 철학자들의 글을 꼼꼼히 읽다니! 그 덕분에 단순한 감상문 형식의 독서론이 아닌 진정한 독서법을 담은 이 책이 지금까지도 프랑스 사람들에게 많은 사랑을 받는 게 아닐까 싶다. 한국에도 시중에 독서에 관한 많은 책이 나와 있다. 하지만 많은 독서가가 저마다의 방법을 말하여도, 실제로 어떤 책을 골라 문장부호나 띄어쓰기 하나까지 살펴보며 언어의 농담農談을 드러내 주는 책은 찾아보기 어렵다. 저자는 니체, 라신, 볼테르, 파스칼, 위고, 괴테, 말라르메 등 자신이 평생에 걸쳐 읽은 다른 사람들의 글을 면밀히 분석한다. 뛰어난 평론가이자 훌륭한 교육자였던 그의 분석은 독자가 자신의 한계를 뛰어넘을 수 있도록 도와준다. 번역을 하면서도 진정으로 책을 읽을 수 있는 사람은 책을 쓸 수 있는 사람임을 알게 하기에, 이 책은 단순한 독서법을 넘어 글쓰기의 공간까지 아우른다. 내가 처음 불문학을 공부할 때 이 책을 읽었더라면 얼마나 좋았 겠느냐는 생각을 들게 한 책이다. 저자도 책도 참 멋지다.

같은 책을 1959년에 '독서술'이라는 이름으로 번역한 이휘 영 선생님께 감사하다. 선생은 한국의 1세대 불문학자다. 일 본에서 불문학을 배우고 한국에 돌아와 수많은 후배 불문학 자들을 길러 냈다. 그뿐이 아니다. 선생은 평생을 바쳐 라틴어 어원까지 병기한 불한 사전을 집필하셨다. 지금에 이르러서 는 더 많은 표제어를 담은 불한 사전도 나왔지만, 나는 진지하 게 프랑스어를 공부하는 사람에게는 각 단어의 어원을 배울 수 있도록 언제나 선생의 사전을 권한다. 선생을 직접 뵌 적은 한 번도 없지만 나는 스스로 선생의 제자임을 자처한다. 한국 에서 불문학을 공부하지 않아 한국에 은사가 있는 다른 불문 학도들을 부러워했는데, 선생과 같은 작가의 같은 글을 번역 하면서 선생의 호흡과 어휘를, 시대와 세대를 뛰어넘는 감성 을 배웠다.

전세은에게 감사한다. 한국에 와서 아무것도 없는 나를 믿 고 응원해 주었다. 번역을 업으로 하는 생활인으로, 그리고 함 께 한 가족을 이뤄 살 수 있게 된 것은 전적으로 그녀 덕이다. 따라서 평생 고마운 마음으로 폐를 끼치지 않고 살도록 노력하겠다.

그리고 마지막으로 이름은 밝히지 않았으나 책을 만드는 데 도움을 주신 분들과 더불어 또 다른 나인 당신에게 감사한다. 우리는 모두 '빌려 온 나'로서, 혼자만의 독서에서 모두 함께할 수 있을 것이다.

단단한 독서
: 내 삶의 기초를 다지는 근본적 읽기의 기술

2014년 10월 24일　　초판 1쇄 발행
2024년 7월 24일　　초판 9쇄 발행

지은이　　　　　**옮긴이**
에밀 파게　　　　 최성웅

펴낸이　　　　**펴낸곳**　　　　　**등록**
조성웅　　　　　도서출판 유유　　 제406-2010-000032호(2010년 4월 2일)

　　　　　　　　주소
　　　　　　　　경기도 파주시 돌곶이길 180-38, 2층 (우편번호 10881)

전화　　　　　　**팩스**　　　　　　　**홈페이지**　　　　　**전자우편**
031-946-6869　 0303-3444-4645　 uupress.co.kr　　uupress@gmail.com

　　　　　　　　페이스북　　　　　**트위터**　　　　　　**인스타그램**
　　　　　　　　www.facebook　　 www.twitter　　　 www.instagram
　　　　　　　　.com/uupress　　 .com/uu_press　　 .com/uupress

편집　　　　　　**디자인**　　　　　**독자교정**　　　　**마케팅**
조성웅　　　　　이기준　　　　　이경민　　　　　전민영

제작　　　　　　**인쇄**　　　　　　**제책**　　　　　　**물류**
제이오　　　　　(주)민언프린텍　 라정문화사　　　책과일터

ISBN 979-11-85152-13-4 03860